W0202695

¡GOL!

Título original: *La nuova squadra*
Publicado originalmente en Italia por Edizioni Piemme S.p.A.
Publicado por acuerdo con Grandi & Associati
Adaptación del diseño de la cubierta: Random House Mondadori / Judith Sendra

Segunda edición: mayo de 2012

© 2009, Edizioni Piemme S.p.A.
Via Tiziano 32. 20145 Milán, Italia
© 2011, de la presente edición en castellano para todo el mundo:
Random House Mondadori, S. A.
Travessera de Gràcia, 47-49. 08021 Barcelona
© 2011, Santiago Jordán Sempere, por la traducción
Texto de Luigi Garlando
Ilustraciones de Stefano Turconi
Proyecto editorial de Marcella Drago y Clare Stringer
Proyecto gráfico de Gioia Giunchi y Laura Zuccotti
Color de Davide Turotti

Quedan prohibidos, dentro de los límites establecidos en la ley y bajo los apercibimientos legalmente previstos, la reproducción total o parcial de esta obra por cualquier medio o procedimiento, ya sea electrónico o mecánico, el tratamiento informático, el alquiler o cualquier otra forma de cesión de la obra sin la autorización previa y por escrito de los titulares del *copyright*. Diríjase a CEDRO (Centro Español de Derechos Reprográficos, http://www.cedro.org) si necesita fotocopiar o escanear algún fragmento de esta obra.

Printed in Spain – Impreso en España

ISBN: 978-84-8441-750-7
Depósito legal: B-16.222-2012

Compuesto en Compaginem

Impreso en Liberdúplex S.L.U.

Encuadernado en Bronco

GT 1 7 5 0 7

Luigi Garlando

Los once magníficos

ILUSTRACIONES DE STEFANO TURCONI

Montena

¿QUIÉNES SON LOS CEBOLLETAS?

Los Cebolletas son un equipo de fútbol. Han ganado una liga, pero para ellos la diversión y la amistad siempre serán más importantes que el resultado. A la pregunta de si se sienten pétalos sueltos, responden: «¡No, somos una sola flor!».

GASTON CHAMPIGNON
ENTRENADOR

Ex jugador profesional y chef de alta cocina. Nunca se separa de su gato, Cazo. Sus dos frases preferidas son: «El que se divierte siempre gana» y «*Bon appétit, mes amis!*».

TOMI
DELANTERO CENTRO

El capitán del equipo. Lleva el fútbol en la sangre y solo tiene un punto débil: no soporta perder.

NICO
ORGANIZADOR DEL JUEGO

Le encantan las mates y los libros de historia. Antes odiaba el deporte, pero ahora ha descubierto que en el terreno de juego la geometría y la física también pueden ser de gran utilidad...

BECAN
EXTREMO DERECHO

Es albanés y, aunque dispone de poco tiempo para entrenarse, tiene madera de auténtico crack: corre como una gacela y su derecha es inigualable.

LARA Y SARA
DEFENSAS

Pelirrojas y pecosas, se parecen como dos gotas de agua. Antes estudiaban ballet, pero en lugar de hacer acrobacias con la pelota se pasaban el día luchando por ella...

FIDU
PORTERO

Devora el chocolate blanco y le apasiona la lucha libre. Cuando ve el balón acercarse a la portería, ¡se lanza sobre él como si fuera un helado con nata!

JOÃO
EXTREMO IZQUIERDO

Un *meninho* de Brasil, el paraíso del fútbol. Tiene un montón de primos mayores, con quienes aprende samba y se entrena con el balón.

DANI
RESERVA

Sus amigos lo llaman Espárrago (y no es difícil adivinar por qué). Sus tres hermanos juegan al baloncesto, pero a él siempre se le han dado mucho mejor los remates y los cabezazos...

PAVEL E ÍGOR
DELANTEROS

Dos gemelos rubios de lo más avispados y rápidos, que en el campo tienen por costumbre charlar sin parar.

JULIO
EXTREMO DERECHO

Es velocísimo, da unos pases extraordinarios y ha jugado con los Tiburones Azules y luego en el Real Madrid con Tomi.

RAFA
DELATERO CENTRO

Acaba de llegar de Italia, donde jugaba con el equipo juvenil del Roma. Es alto, rubio y lleva el pelo largo.

AQUILES
MEDIOCAMPISTA

Es el matón de la escuela, pero le gusta el fútbol y, para entrar en los Cebolletas, ha decidido suavizar un poco sus modales.

ELVIRA
DEFENSA

Era la capitana y una de las mejores jugadores del Rosa Shocking. Tiene una hermosa trenza negra y es muy guapa.

BRUNO
CENTROCAMPISTA

Ex número 10 de los Diablos Rojos. Es fuerte como un toro, pero tiene un corazón de lo más tierno y adora a los animales.

A los abuelos que acompañan a sus nietos a los entrenamientos

1
UNA ESCALADA HACIA EL GOL

—¡Ya está! ¡Que empieza, venid! —exclama Sara, emocionada.

Los Cebolletas, veloces como el rayo, se sientan ante el televisor del Pétalos a la Cazuela. Con los chicos están Augusto, los padres de Becan y la señora Sofía, la mujer de Gaston Champignon.

—¡Que aproveche, España! ¡Y bienvenidos a una nueva edición del Rey de los Fogones! —anuncia la presentadora rubia, que lleva un vestido de cuadros blancos y rojos que parece un mantel—. Paso a presentaros enseguida a los tres concursantes de hoy. De Madrid, con unos espléndidos mostachos, llega el chef Gaston Champignon, que tiene un aire de lo más francés, o eso me parece...

—No se le escapa nada, señorita... —ríe entre dientes el cocinero-entrenador—. Efectivamente, nací en París.

—¿Y qué le empujó a venir a España? ¿La cocina? —pregunta la presentadora.

—No, el amor —responde Champignon, atusándose el bigote por el lado derecho—. Me vine detrás de Sofía, la bailarina más hermosa del mundo, porque estaba enamorado de ella hasta la médula...

Los Cebolletas se echan a reír, mientras la señora Sofía, divertida, se tapa los ojos de vergüenza...

—Mandemos pues un beso desde aquí a la bella Sofía —sugiere la presentadora.

—Naturalmente —aprueba el cocinero-entrenador—. Un beso a mi reina y señora y un saludo a todos mis amigos madrileños. Empezando por los fabulosos Cebolletas.

—¿Han oído, queridos telespectadores? —comenta la locutora—. A nuestro cocinero le gustan tanto los ingredientes de sus platos que habla con ellos. ¿No es estupendo?

—Creo que hay un equívoco —la corrige Champignon—. Los Cebolletas no son cebollas de verdad, sino chicos que juegan al fútbol y a los que entreno, dicho sea con toda modestia. Os «choco la cebolla», chicos, ¡y seguid entrenando, porque nos espera una liga muy dura!

El cocinero, en primer plano, muestra el puño con el índice levantado.

Los Cebolletas se ponen en pie de un salto y lo celebran como si se tratara de un gol.

—¡Ahora somos famosos en toda España! —exclama Fidu.

La presentadora, un poco azorada, prosigue:

—Ah, entendido... cebollas con piernas... bueno... Pasemos al segundo concursante, que viene de Valencia.

Después de las presentaciones empieza el concurso.

Los tres cocineros se ponen a los fogones y preparan sus especialidades. La señorita rubia vestida con un mantel pasa de uno a otro, preguntando por los ingredientes y los secretos de las recetas.

Al final llevan los platos a una mesa a la que están sentados los cinco jueces del jurado, que llevan unas enormes servilletas blancas atadas al cuello y escogerán al vencedor.

La cámara encuadra el rostro de todos los jueces mientras prueban las tres especialidades, mastican con gran concentración, con la mirada fija, y anotan sus impresiones en una hoja.

El público del Pétalos a la Cazuela espera el veredicto en silencio. Nico se muerde las uñas. João acaricia al gato Cazo, que se ha dormido sobre sus piernas. Dani, que es muy supersticioso, aprieta con las manos el trébol dorado de cuatro hojas que le cuelga del cuello.

Un ayudante vestido de camarero, con una servilleta plegada en el brazo, tiende una bandeja a los jueces, que depositan en ella sus hojas dobladas.

La presentadora lee las respuestas, mira a la cámara equivocada, rectifica y se vuelve hacia la que la enfoca y anuncia:

—Queridas amigas, queridos amigos, el Rey de los Fogones de hoy es...

Retumbar de tambores, que en realidad son ollas vueltas del revés.

—... ¡Gaston Champignon, de Madrid, con sus merengues a la rosa!

La sonrisa de alegría del cocinero-entrenador, que se acaricia el bigote por el lado derecho, llena toda la pantalla del televisor.

Los Cebolletas se ponen en pie de un bote, se abrazan y se ponen a cantar a coro: «¡Cebo-oé-oé-oé...!», mientras los padres de Becan y Augusto felicitan a la señora Sofía.

—¡Los merengues a la rosa son infalibles! —exclama Fidu—. Es más, me voy a la cocina a ver si ha sobrado alguno para celebrarlo como es debido. La tensión me ha abierto el apetito...

Mientras esperan el regreso de Gaston Champignon del estudio de televisión donde ha participado en el concurso El Rey de los Fogones, los Cebolletas se entrenan solos en el Retiro. No hay tiempo que perder. La nueva liga se acerca y será muy especial...

Los chicos están al pie de una pequeña colina del parque.

El primero en echar a correr es Tomi, quien sale a toda velocidad, hace un eslalon entre los árboles y llega hasta la cima. Luego salen sus compañeros.

João se tumba en el suelo.

—Yo ya no puedo más...

—Ni yo. Llevamos veinte carreras... —comenta Nico, que va a cuatro patas y con la lengua colgando, como un perro.

—Ánimo, colegas. No podemos tirar la toalla ahora —les incita su capitán—. El campo para once es mucho más grande que el de siete, y este año la preparación física antes del campeonato será más importante que nunca.

Pues sí, como lo lees: los Cebolletas han decidido cambiar de torneo y pasar de una liga entre equipos de siete jugadores a otra con equipos de once.

Como recordarás, lo habían votado en el Cebojet al regresar de Roma. Nos habíamos separado antes de conocer su decisión. Ahora ya lo sabemos: los Cebolletas disputarán la próxima liga en un terreno de fútbol de verdad, como los de primera división.

Será una experiencia nueva, apasionante, porque podrán aprender nuevos aspectos del fútbol, se convertirán en jugadores más completos, pero tendrán que esforzarse mucho, porque entre un campito para equipos de siete jugadores y otro grande hay enormes diferencias. Empezando por el esfuerzo físico.

Tomi tiene razón: necesitarán más pulmones y más resistencia. Por eso este año, en la preparación previa al campeonato, los Cebolletas tendrán que dedicar mucho más tiempo a las carreras y la gimnasia.

El capitán saca un balón de la mochila, pelotea con él sobre la frente y propone:

—¿Echamos un partidito?

—Encantado —contesta Becan—. Después de tantas carreras se me había olvidado qué forma tenía una pelota...

—Sí —aprueba también Nico—. De acuerdo con el partido. ¡Ya no podía más con tantas cuestas!

—¿Quién te ha dicho que vamos a dejar de subir? —pregunta Tomi.

Los Cebolletas, llenos de curiosidad (y algo de preocupación), observan a su capitán, que les explica el juego:

—Una portería estará abajo y la otra en la cima de la colina. Nico, Becan, João y yo atacaremos subiendo. Las gemelas y los gemelos tendrán que defender y tratar de marcar cuesta abajo.

—¡Pero será agotador! —protesta João—. ¡Yo soy extremo izquierdo, no escalador!

—Para que luego digan que somos las chicas las que nos pasamos el día lloriqueando... —le espeta Sara—. Correr cuesta arriba fortalece los músculos. El cansancio de hoy te será útil durante el campeonato. Ya verás que, gracias a estos entrenamientos, lograrás hacer tus regates también en un campo grande.

—Qué fácil es hablar así cuando se juega cuesta abajo... —farfulla el brasileño, mientras Fidu y Dani preparan las porterías con mochilas.

Tomi se acerca a João y le susurra:

—Te aseguro que jugar cuesta abajo no les será tan fácil como creen...

El equipo del capitán tiene que emplearse a fondo para empujar la pelota hacia arriba, pero tampoco a los rivales les resulta fácil controlar el balón, que se les escapa de los pies y rueda hacia abajo. Ese extraño partido es útil por las dos razones: entrena la fuerza física, pero también el control del balón. Además, es divertido porque se ven jugadas que normalmente no ocurren en un campo llano. Mira si no...

Todos sueltan una carcajada.

La jugada del empate es igual de cómica.

Becan sube laboriosamente la colina, dando sin parar golpecitos al balón, que le vuelve constantemente entre los pies. En cuanto Lara se le pone delante, pega una patada a la pelota y echa a correr para colocarse a espaldas de la gemela. En un campo normal, el balón habría salido por la línea de fondo; aquí, en cambio, llega junto a Fidu y vuelve para atrás.

Becan lo cede a Tomi. El capitán, con una chilena perfecta, lo hace pasar entre las mochilas de Fidu: ¡1-1!

El problema es que Tomi no cae sobre una superficie plana... Sin darse cuenta de lo que hace, da un bote hacia atrás, otro y otro más... Y se convierte en una pequeña avalancha que rueda hacia abajo y no se detiene hasta llegar al pie de la colina, después de aplastar una mochila de la portería de Dani.

Los Cebolletas acuden junto a él, preocupados.

—¿Estás bien, capitán?

En cuanto Tomi responde «Más o menos», sacándose la hierba del pelo, todos sueltan el trapo.

Hasta cuando están agotados y se imponen entrenamientos durísimos, los Cebolletas siempre consiguen divertirse.

Al concluir el partidito, los chicos se tumban a la sombra a descansar y hablar de la próxima liga.

—Creo que podré convencer a Julio de que juegue con nosotros —dice Tomi.

—Vale, pero con él seremos once justos —observa Nico—. Para soportar un campeonato entero tendríamos que ser al menos catorce o, mejor, quince.

—Podríamos decírselo a Aquiles —propone Pavel—. Está cachas, y en un campo grande podría dar más rendimiento que en uno pequeño.

—Es verdad, pero habrá que ver si está dispuesto a entrenarse y levantarse temprano todos los domingos —comenta Lara—. No me parece un tipo especialmente de fiar...

—Le diremos las condiciones claramente y, si acepta, tendrá que prometer que respetará nuestras reglas —concluye Tomi—. ¿Y quién más? ¿Qué otro podría entrar en los Cebolletas?

—¿Qué os parece Bruno, el número 10 de los Diablos Rojos? —sugiere João.

—Podríamos invitar a alguna del Rosa Shocking, así no seríamos las únicas chicas —interviene Lara.

—A mí dos ya me parecen demasiadas... —comenta Fidu.

Sara arroja el balón contra el portero, que lo bloca tirándose al suelo, mientras todos sueltan una nueva carcajada.

Una vez acabada la cena, Tomi se precipita a su habitación, se conecta a Internet y comprueba si han llegado mensajes de correo electrónico. Leer el nombre de Eva en la bandeja de entrada le hace sonreír.

Ya han pasado dos meses desde que la bailarina se marchó a China.

«Al fin he hecho una amiga —escribe Eva—. Es la hija de mi profesora de chino. Se llama Chen y su nombre completo significa "Nubes armoniosas del alba". ¿No te parece precioso? ¿Te acuerdas de cuando volábamos hacia París y te decía que me gustaría bailar sobre las nubes?»

Tomi lo recuerda perfectamente. De repente vuelve a rememorar esas vacaciones estupendas, desde el misterioso libro de Napoleón hasta el en sobre el Sena. Luego mira la foto que se sacó con Eva en la Boca de la Verdad, que ha colgado en la pared frente a su escritorio de despacho, y le vuelven a la mente otras inolvidables vacaciones, las romanas.

El capitán suspira profundamente. Desde que se ha ido Eva, tiene la sensación de que siempre está jugando en un campo cuesta arriba.

En ese mismo momento, mientras Tomi está escribiendo un mensaje de respuesta a su amiga bailarina, irrumpe Sara en la habitación de su gemela con un periódico en la mano.

—¡Mira! ¿Lo has leído? ¡Dentro de dos días llega a Madrid la gran Violette!

Lara arranca el diario de las manos de su hermana y se queda boquiabierta.

—¡Uala! ¿Y Champignon no nos ha dicho nada?

—Estaba liado con el concurso, se habrá despistado —responde Sara—. Pero ¿te das cuenta? ¡Pronto conoceremos personalmente a la gran Violette!

2
EL ENTRENO DE LOS PIES BLANCOS

Violette es la hermana de Gaston Champignon, que se ha hecho célebre en todo el mundo por su «pintura a la verdura», es decir, cuadros pintados usando patatas, zanahorias y alcachofas en lugar de pinceles.

Violette moja las verduras en los colores y las pasa por el lienzo, logrando retratos y paisajes muy especiales, que se exponen en las galerías de arte más prestigiosas y los hogares más ricos.

En los últimos años, la «pintura a la verdura» de Violette ha conocido una auténtica explosión de popularidad. Se han organizado exposiciones de sus obras en todos los países del mundo. Cuando los Cebolletas llegaron a París, por ejemplo, Violette estaba en Nueva York preparando una exposición. Por eso Sara y Lara no pudieron verla, pero ahora que desembarca en Madrid no desaprovecharán la ocasión de conocerla y pedirle algún consejo.

Como sabes, las gemelas son unas apasionadas de la pintura. Son ellas las que han decorado los laterales del Cebojet.

Han organizado una recepción triunfal en el aeropuerto de Barajas.

Augusto se ha puesto el uniforme de chófer de las grandes ocasiones y ha hecho encerar la limusina negra en la que, como recordarás, las gemelas llegaron a su primer entrenamiento con los Cebolletas.

A bordo del inmenso coche, acompañando a las gemelas, va Gaston Champignon, que ha podido llegar a tiempo para dar la bienvenida a su hermana.

—¿Cómo surgió la pasión de Violette por la pintura? —pregunta Sara, mientras Augusto conduce hacia Barajas.

—A mi hermana siempre le ha gustado pintar —responde el cocinero-entrenador—. Creo que los primeros borrones los hizo ya en la cuna... Estoy seguro de que, cuando tenía seis o siete años, los hacía también en las almohadas antes de dormirse, porque me acuerdo de que todas las mañanas mi madre se ponía furiosa...

Las gemelas sonríen.

—Hacia los doce o trece años fue cuando pasó la fase de los ladrillos —continúa Champignon—. Violette rompía ladrillos y con los trocitos retrataba a sus amigos en las aceras. Eran maravillosos. Los compañeros de escuela renunciaban a sus meriendas para pagarse un retrato hecho por Violette. Luego se inscribió en la Academia de Bellas Artes y empezó a pintar cuadros normales. También preciosos, pero nunca la dejaban satisfecha. Los corregía mil veces y al final los destrozaba, aunque yo le aconsejaba que los expusiera o se los enseñara a algún crítico de arte. Hasta que un día tiró lienzos y colores por la ventana y decidió dejar la pintura.

—¿Dejarla? —repiten a coro Sara y Lara.

—Sí —prosigue el entrenador—. Yo acababa de abrir el Pétalos a la Cazuela en París y la convencí de que se instalara conmigo. Estaba pasando por un momento muy difícil y no quería dejarla sola. Violette y yo siempre hemos estado muy unidos. Me echaba una mano en la cocina y llevaba los platos a las mesas. Un día se le cayó un plato de espaguetis con tomate y girasol sobre la camisa blanca de un cliente. «¡Por favor, no se mueva!», exclamó. Cogió un espárrago de una mesa de al lado y fue transformando la mancha de tomate en una magnífica cabeza de caballo sobre la camisa blanca. El cliente salió del restaurante gritando: «¡Están chiflados, los voy a denunciar a todos!», pero ese día nació oficialmente la «pintura a la verdura» de Violette Champignon.

—¡Es una historia hermosísima! —exclama Lara.

—Una historia que enseña algo —concluye el cocinero-entrenador—. Todos encontramos nuestro camino, tarde o temprano. Tenemos que ser capaces de reconocerlo. La revelación puede llegarnos en forma de mancha de salsa...

Augusto aparca el cochazo en la zona de la llegada de pasajeros.

—Un aviso importante —añade Champignon antes de bajar de la limusina—. Mi hermana, como muchos artistas, tiene un carácter muy especial y ningún pelo en la lengua. No os enfadéis si os suelta alguna extravagancia...

Violette asoma precedida por un porteador que empuja un carrito abarrotado de maletas. Va vestida de una manera muy curiosa: sandalias de plástico verde, vaqueros agujereados, una gran camisa blanca, una cadena de oro de la que pende un chupete de recién nacido, un sombrero de paja y gafas de sol con lentes de dos colores, uno amarillo y el otro rojo.

—¡Hermanita, qué placer volver a verte! —exclama Gaston Champignon, entregándole un ramo de verduras antes de abrazarla, feliz.

Violette huele las zanahorias y los calabacines, y después sonríe:

—¡Hermanote, eres el único que se acuerda de no regalarme las típicas rosas, te adoro!

La pintora advierte la presencia de las gemelas, las estudia por encima de las gafas y pregunta con curiosidad:

—¿Veo doble o sois realmente dos?

—Somos gemelas, yo me llamo Sara y ella es Lara. Nos encanta la pintura y somos superfans de la «pintura a la verdura». Para nosotras es un verdadero honor conocerla.

—Pero, si tanto me adoráis, ¿por qué habéis venido a recogerme con el sepulturero y el coche fúnebre? —pregunta entonces Violette, examinando a Augusto con aire frío y desafiante.

—Para su información, le diré,

VIOLETTE

amable señora, que no soy sepulturero, sino chófer profesional con el uniforme oficial, y esta es una limusina de lujo acostumbrada a transportar a personas de gran nivel —replica Augusto.

—Para su información, jovencito, le diré que odio el negro y que no permito que me trasieguen chóferes embutidos en trajes y corbatas —rebate enojada Violette.

—¡Y yo no trasiego a mujeres que les roban el sombrero a los espantapájaros y dejan que los perros les rasguen los pantalones! —replica todavía más disgustado Augusto.

Sara y Lara se tapan la boca para ahogar la risa.

—¿Cómo se atreve? —exclama la pintora, antes de echarle encima el ramo de verduras al pobre chófer y dirigirse hacia un taxi.

—Ya te lo había advertido, Augusto. Mi hermana tiene mucho carácter... —comenta Gaston Champignon extendiendo los brazos.

El chófer se quita un cogollo de lechuga que se le ha quedado colgado de la gorra.

—¡Mirad! —exclama Nico, señalando la verja—. ¡Tomi ha conseguido convencerlo!

El capitán acaba de entrar en la parroquia de San Antonio de la Florida con Julio, el rapidísimo extremo derecho que ha jugado con los Tiburones Azules y luego en el Real Madrid con Tomi. Los dos llevan una bolsa en la mano.

Los Cebolletas se levantan de los bancos que ocupaban y van a su encuentro.

—¡Vengo del mercado de fútbol y he comprado el mejor extremo derecho que había en circulación! —anuncia Tomi con una sonrisa.

—El mejor después de mí, naturalmente... —precisa Becan.

—Pero ¿cómo te las has apañado para arrancárselo al Madrid? —pregunta Fidu.

—Le he prometido que con nosotros podrá comer todos los merengues que quiera —responde el capitán—, lo que significa que tú tendrás que comer unos pocos menos...

—¡Ni lo sueñes! —protesta el portero.

Todos se echan a reír.

—No he disputado nunca un campeonato con once jugadores y me apetece mucho probar —explica Julio—. En el Real Madrid estaba muy bien, como sabe Tomi, pero formar un nuevo equipo es un reto interesante.

Además, estos años he visto que sois un grupo muy unido y jugáis con deportividad, como me gusta a mí. O sea que, si vuestro entrenador está de acuerdo, podéis contar conmigo. Y espero poder echaros una mano...

—Lo primero —responde Nico— es que nos choques la mano así: con el puño cerrado y el índice levantado. Es nuestro saludo y se llama «chocar la cebolla».

Julio sonríe y «choca la cebolla» a todos sus nuevos compañeros.

Los Cebolletas son ahora once, como un verdadero equipo de fútbol, pero no los suficientes para afrontar toda una liga. Les hacen falta por lo menos tres o cuatro jugadores más.

Fidu y Nico han ido un montón de veces a buscar a Aquiles al salón de juegos, pero no han logrado dar con él. Han preguntado a los chicos del barrio, pero parece haber desaparecido.

Gaston Champignon da la bienvenida a Julio y luego conduce a los Cebolletas al campo para equipos de once jugadores de la parroquia, que, a diferencia del de siete, está cubierto por entero de hierba.

—Aunque esté todo pelado, me duele abandonar nuestro viejo campito —confiesa Nico—. Al fin y al cabo, es donde nacieron los Cebolletas.

—Eres un romántico... —comenta Fidu, asestándole una de sus poderosas palmadas en el hombro.

—¡Tú, en cambio, eres un oso! —rebate Nico.

Gaston Champignon ordena a los Cebolletas que se sienten en el centro del terreno de juego y les explica lo siguiente:

—Este es nuestro primer entrenamiento en un campo grande. Tenemos que empezar a conocerlo y a coger confianza. Os he dicho a menudo que los que sudamos somos nosotros, no el balón. Así que, en lugar de que corramos nosotros, lo mejor es que sea el balón el que corra. Esta regla vale el doble en campo grande, porque las distancias son mayores y uno se cansa más. ¿Por qué llevar la pelota encima a lo largo de cincuenta metros si puedo hacerla llegar cincuenta metros más allá a base de pases? Pero para ello nos tenemos que repartir por todas las zonas del campo. Eso es lo que vamos a hacer. Hoy y los próximos días entrenaremos este aspecto fundamental: ocupar bien todas las zonas del campo. Pero lo haremos jugando, naturalmente...

El cocinero-entrenador se ha traído de su cocina una cincuentena de boles de plástico, que usará para delimitar los espacios de los ejercicios. Ahora, por ejemplo, los ha colocado boca abajo uno detrás de otro, dibujando un gran cuadrado en una mitad del campo. Luego ha dividido a los Cebolletas en dos equipos: Julio, Tomi, Becan, João y Nico llevan un chaleco amarillo. Fidu se entrena en la portería con Augusto.

—Ahora disputaréis un encuentro sin porterías —explica Champignon—. Cada equipo tratará de mantener la posesión del balón, y os aconsejo que aprovechéis todo el espacio del cuadrado. Antes de empezar, poneos en fila delante de mí y meteos con las botas en este cubo.

Los Cebolletas se miran y sonríen, divertidos. Uno tras otro van metiéndose en el cubo lleno de yeso y salen con las botas blancas...

—¿Para qué quiere que lo hagamos, míster? —pregunta con curiosidad Sara.

—Luego os lo diré —responde Champignon—. Ahora entrad en el cuadrado y a jugar. ¡Ánimo!

Los chicos se ponen a perseguir la pelota, a pasársela y disputársela. Al cabo de un cuarto de hora, el cocinero-entrenador pita el final del ejercicio, reúne a los Cebolletas y les dice:

—¿Lo veis? En el centro del cuadrado habéis dejado una especie de círculo blanco, pero en las esquinas hay poquísimas huellas blancas: la hierba está verde. ¿Qué significa eso?

—Que nos hemos desmarcado poco y no hemos ocupado todo el espacio del campo —responde Nico.

—Exacto —asegura Champignon—. Y es un error que, en un equipo de once, puede salirnos caro, porque, si no nos repartimos bien por el campo, los adversarios podrán encontrar huecos para llegar hasta nuestra portería. El campo para siete jugadores era como una pequeña habitación, pero ahora tenemos un piso enorme, y sería una tontería quedarnos todos apiñados en la cocina. ¡Repartámonos por todas las habitaciones y estaremos más cómodos! Ahora repetiremos el ejercicio con una pequeña variación.

El cocinero-entrenador llama a Fidu y a Augusto, les entrega un chaleco rojo y les pide que se sitúen en los dos extremos del cuadrado.

—Cada tres pases —explica Champignon—, el equipo que está en posesión del balón tendrá que hacer una pared con Fidu y luego con Augusto.

Así los chavales están obligados a recorrer a menudo el perímetro del cuadrado y se reparten mejor por el campo. Poco a poco, también la hierba de los lados se va blanqueando.

Los chicos están aprendiendo a aprovechar todo el espacio del campo.

Gaston Champignon se atusa el bigote por el extremo derecho.

Un nuevo ejercicio.

En el interior del gran cuadrado, el cocinero-entrenador dispone otras cuatro filas de boles que se cruzan, de manera que se forman nuevas casillas.

—¡Y ahora, un emocionante torneo a base de eliminaciones! —anuncia Champignon—. Empezad a pelotear. En cuanto pite, cada uno ocupará una casilla. Sois diez. Quien se quede fuera será eliminado, ¿de acuerdo?

Deja su balón en el centro de una casilla, que no podrá volver a ser ocupada, y sale del cuadrado. De modo que siguen en liza nueve Cebolletas, con ocho casillas por ocupar.

El juego es cada vez más divertido y emocionante. Los chicos se echan a reír cuando se cruzan y chocan al buscar un espacio libre, y celebran gritando sus conquistas.

Al final solo quedan Julio y João, que gana el torneo con un último salto fulminante.

Ha sido un ejercicio muy útil para ejercitar los reflejos y acostumbrarse a ocupar los espacios libres del campo, pero sobre todo ha sido un juego divertido. Por ese motivo, Gaston Champignon se vuelve a acariciar el bigote por el lado derecho. De un campeonato de equipos de siete jugadores al nuevo de once cambiarán muchas cosas, pero no la fundamental: los Cebolletas seguirán jugando para divertirse, porque ¡el que se divierte siempre gana!

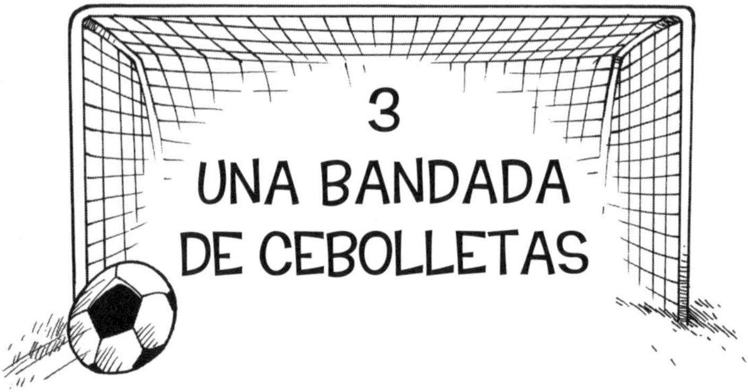

3
UNA BANDADA DE CEBOLLETAS

Tomi se despierta sobresaltado. Le ha estallado en los oídos un ruido tremendo y se han encendido mil lucecitas amarillas antes de que lograra abrir los ojos. Como si alguien le acabara de dar un martillazo en la cabeza.

—¡Pero si estaba durmiendo, papá! —exclama el capitán.

—Precisamente —responde Armando—. De lo contrario, no te habría podido despertar con mi dulce música.

Y al decirlo entrechoca nuevamente los platillos. Tomi se tapa las orejas con las manos.

—¿De qué música dulce hablas? ¡Esto es una barahúnda infernal! ¿Se puede saber qué mosca te ha picado esta mañana? Es sábado, el único día en que puedo dormir un poco más de lo normal...

—Querido hijo, dormir equivale a perder el tiempo —replica Armando—. Y yo no tengo tiempo que perder. Faltan pocos días para el Concurso Nacional de Bandas Municipales. ¡Tengo que practicar cada momento libre!

—Pero ¿qué tiene de complicado chocar un platillo contra otro? —pregunta el capitán—. El único problema es no equivocar el punto de mira...

—Cómo se ve que eres futbolista... porque, en realidad, razonas con los pies —contesta Armando—. Yo no choco un platillo contra el otro, los hago sonar con una gran sensibilidad. Mi toque genera una música exquisita, celestial...

El padre de Tomi vuelve a entrechocar los platillos de latón y, marchando como cuando desfila con la banda de los tranviarios, sale de la habitación. Será esa banda la que represente a la ciudad de Madrid en el desfile que se celebrará a lo largo de la calle Mayor.

Tomi sale de la cama, enciende el ordenador y mira el reloj colgado de la pared, que muestra la hora de Pekín. En ese momento ya es mediodía en China.

El capitán quiere comprobar si han llegado nuevos mensajes de Eva. Le contará la llegada al equipo de Julio y el desembarco explosivo de Violette.

Ana, la madre de Becan, entra en la cocina con dos platos vacíos y anuncia:

—Un cliente quiere conocerle.

Gaston Champignon se lava las manos y se dirige hacia el comedor secándoselas en el delantal.

—¿Puedo tener el honor de conocer al famoso chef Gaston Champignon? —pregunta un señor vestido con elegancia, con el cabello oscuro peinado hacia atrás—. Me llamo Ioachino, Ioachino Ramo, y esta es mi familia: mi mujer, María, mi hijo Raffaele y mi hija Adriana.

—El placer es mío —responde el cocinero, sacándose el gorro con forma de hongo y estrechando la mano a todos—. Espero que la comida les haya gustado.

—Ha sido una maravilla —responde la chica—, ¡pero ahora esperamos los merengues a las rosas!

Todos sonríen.

—Ya están casi listos —responde Champignon—. Ana debe colocar las últimas rositas en los cestitos de merengue. Si quieres, puedes ir a curiosear a la cocina.

—¡Vale! —exclama Adriana, que salta de la mesa después de pedir permiso a sus padres.

—Vimos el concurso de la televisión y hemos querido probar enseguida el restaurante del Rey de los Fogones —explica el señor Ramo.

—Así que la televisión a veces sirve para algo... ¿Venís de Italia? —pregunta el cocinero.

—De Roma —responde el padre de Adriana—. Yo trabajo en el Consulado Italiano de Madrid. Me mudé hace cinco años, y hace unos meses se ha venido conmigo la familia.

—¿Estáis a gusto? —se informa Champignon.

—Estupendamente —responde la señora Ramo—, aunque Raffaele y Adriana echan un poco de menos a sus amigos.

—Y a sus compañeros de equipo —precisa el marido—. Rafa jugaba en los juveniles del Roma, es un buen delantero. Y no lo digo porque sea su padre... Metía montones de goles.

—*Superbe!* —exclama Champignon atusándose el bigote por el lado derecho.

En la cocina, Ana coloca la última rosita glaseada en un cestito de merengue y anuncia:

—Ya está. Podemos sacarlos a la mesa. ¿Estás lista para comerlos?

Adriana sonríe y sigue a la madre de Becan, que se dirige hacia el comedor del restaurante, pero ve a un gatito reposando dentro de una olla y se acuclilla para acariciarlo. Sartén sale de un salto, huye al patio y desde allí se cuela por la puerta que da acceso a las escaleras del edificio.

—¡Espera! No quería asustarte... —exclama Adriana, lanzándose en su persecución.

Tomi, que está bajando las escaleras, se encuentra con el gato entre los pies. Lo coge en brazos y le pregunta:

ADRIANA

—¿Adónde vas, Sartén? No subas a mi casa o mi padre te destrozará los tímpanos con sus platillos...

—¿Se llama Sartén? —pregunta Adriana.

El capitán levanta la mirada y ve, unos escalones por debajo, a una chica preciosa, con el pelo muy largo, liso y negro, sujeto en la frente por una cinta de cuero. Le viene enseguida a la mente la india a la que ha visto en el cine, en una película de dibujos animados.

—Exacto —responde Tomi—. Es hijo de Cazo, el gato más dormilón del mundo.

—¿Y tú cómo te llamas? —pregunta la niña.

—Tomás, pero todos me llaman Tomi —responde el capitán.

—Yo me llamo Adriana, que rima con manzana. Es un nombre típico en Italia.

La indiecita tiene también una hermosísima sonrisa y dos ojos oscuros como el chocolate fundido.

Tomi piensa en algo que decir, pero solo se le ocurre comentar que tiene un amigo brasileño que se llama Adriano.

La chica sonríe, acaricia a Sartén y se va con los merengues a la rosa.

Tomi sale del portal y se dirige hacia la parroquia pensando que a lo mejor no ha sido muy simpático al decir que conocía a un Adriano, como si le quitara interés al nombre de la chica.

Ríe entre dientes, levanta los hombros y llega a la verja de la parroquia de San Antonio de la Florida peloteando el balón con la frente.

Augusto, sentado en una silla en un rincón de la habitación, lee el periódico. Después del incidente diplomático del aeropuerto, las gemelas le han aconsejado que evitara cualquier posibilidad de tener un nuevo enfrentamiento y que se mantuviera lo más alejado posible.

Violette ha invitado a las gemelas al pequeño estudio de pintura que se ha montado en Madrid. Tiene que terminar su última obra a tiempo para la inauguración de la exposición y ha permitido a Sara y a Lara que asistan a su proceso de elaboración. Las gemelas están excitadísimas y estudian hasta el más mínimo gesto de la famosa pintora.

Gaston Champignon ha hecho que entreguen a su hermana todas las verduras que necesita para pintar.

Violette, que viste un mandil azul manchado de colores y un gorro de cocinero como el de su hermano, empapa la punta de una alcachofa en el azul de su paleta y extiende la tinta sobre la parte superior del lienzo sujeto al caballete. Está pintando el cielo.

Ahora pela una patata, la corta en muchos palitos de base cuadrada, que empapa en el amarillo, y golpetea con ellos sobre el lienzo, como si fueran tampones, para crear las estrellas.

—¡Y esto va en honor de los Cebolletas! —anuncia Violette, antes de cortar una rodaja de cebolla con forma de media luna y, una vez mojada en el amarillo de su paleta, apretarla contra la tela.

—¡Qué bonito! —exclaman a coro las gemelas, entusiasmadas—. ¡Eres fabulosa!

Violette da el último toque a la espuma de las olas fustigando el lienzo con un cogollo de lechuga empapado de blanco y luego se aleja unos metros para contemplar mejor el resultado de su trabajo.

—¿Qué os parece, chicas? —pregunta la artista.

—¡Una auténtica obra maestra! —contesta Sara.

—¡Será el cuadro más admirado de la exposición! —añade Lara.

—Todavía no está acabado —explica Violette—. En este paisaje nocturno, aparentemente sereno, quiero pintar a un monstruo saliendo del mar. Estoy pensando en esbozarlo con una zanahoria.

—¡Fabuloso! —comenta Sara.

—¿Y qué le parece a vuestro chófer? —pregunta Violette.

—Quizá sea mejor no saberlo... —sugiere Lara, preocupadísima.

—Todo lo contrario, vamos a preguntárselo —decide la hermana de Champignon—. Me encantaría saberlo.

Augusto se acerca, observa el cuadro y sentencia:

—¡Cuánta verdura echada a perder! Con lo rico que habría salido un buen pisto...

Violette abre exageradamente los ojos, aprieta los puños, enrojece e intenta contenerse, pero al final explota:

—¡Lo sabía! ¡Este sepulturero me detesta! ¡Largo! ¡No quiero volver a verlo en la vida!

Augusto trata de protegerse con el periódico de la lluvia de verduras que la artista, furibunda, le arroja encima, y sale a paso ligero de la habitación.

Nuevo entrenamiento de los Cebolletas.

Gaston Champignon ha reunido al equipo en medio del campo para soltarles la clásica charla antes de empezar los ejercicios.

—Hemos añadido un nuevo pétalo a nuestra flor, que así será aún más hermosa... —dice el cocinero-entrenador—. ¡Demos una calurosa bienvenida a Elvira!

Los Cebolletas, sentados en el suelo, aplauden a la antigua defensa del Rosa Shocking, que se levanta, sonríe, hace una inclinación y responde:

—Gracias por acogerme en vuestro equipo. No veo la hora de empezar la liga... Me esforzaré al máximo y espero poder echaros una mano.

—Verás cómo Lara, tú y yo convertimos la defensa en un fortín —exclama Sara—. No se colará ni el aire. Fidu se podrá quedar tranquilo entre los palos, comiendo merengues.

—¿Hay alguna noticia de Aquiles? —pregunta Becan.

Nico extiende los brazos.

—Todavía nada. Le he pedido a Tino que utilice su olfato de periodista e investigue, pero no hay ninguna novedad.

—No importa —comenta Champignon—. Todavía tenemos algunas semanas para encontrar nuevos jugadores, aunque ahora ya somos doce, los suficientes para organizar el primer partido amistoso. El domingo disputaremos un encuentro en el Centro Deportivo de Valdeacederas contra un equipo acostumbrado a jugar con once. Será la primera prueba para ir tomando confianza con el campo grande y ver qué tenemos que entrenar para mejorar.

Los Cebolletas se miran con aire de satisfacción e impaciencia.

—¡Estupendo, allá vamos! —exclama Fidu.

—Una razón de más para entrenar con ganas —concluye el cocinero—. Los últimos días nos hemos ejercitado en ocupar bien los espacios, hoy nos dedicaremos a los pases. En el campo pequeño, João podía coger el balón en su área y llegar hasta la portería. En el campo para once, si te llevas la pelota sin pasarla, al cabo de diez minutos revientas. Por eso tendremos que aprender a conducir el balón con muchos pases en corto. Seis de vosotros se pondrán en círculo y cinco se meterán dentro. Empezad a pasaros la pelota mientras voy a por la bici.

El cocinero observa a sus jugadores, que hacen circular el balón rápidamente al primer toque: el que está en el círculo pasa la pelota a uno de los Cebolletas del interior y este la devuelve al vuelo a otro compañero del perímetro.

Al cabo de diez minutos, Champignon se acerca en bici al grupo.

—Bien, ahora hagamos el mismo ejercicio en movimiento. Tendréis que pasaros el balón siguiendo mis ruedas. Pensad en las bandadas de pájaros que se mueven por el cielo pero siempre permanecen unidas. En el terreno de juego nuestro equipo deberá desplazarse de la misma manera: adelante y atrás, a la izquierda y a la derecha, pero manteniéndose siempre compacto. Así nos será más fácil desplazar el balón y más difícil para los adversarios robárnoslo. ¿Alguna duda?

—Como se dice en la jerga, un «equipo corto» —comenta Nico.

—Exacto —confirma el cocinero-entrenador—, un equipo corto. ¡Ahora seguidme!

El cocinero guía la bici por todo el campo, seguido por la bandada de Cebolletas y, cuando se da cuenta de que el grupo se abre, grita:

—¡Equipo corto!

Pero a João y a Nico les cuesta seguir el paso. Tino toma nota: «En el campo grande Nico se expone a perderse como un pez de colores en el mar».

4
CHAMPÚ AL HUEVO

Gaston Champignon sirve personalmente el café a un hombrecillo calvo, con bigotes rubios y una extraña nariz que apunta hacia arriba y expone dos orificios nasales grandes y peludos. El tipo lleva unas gafitas redondas y bastante cómicas sobre la punta de la nariz y un alegre pañuelo amarillo le asoma de la chaqueta marrón.

El cocinero-entrenador, que normalmente no sirve en las mesas, ha querido conocer a ese cliente porque, cuando han vuelto sus platos a la cocina, ha notado algo raro. El tipo de la nariz porcina come de una manera realmente exótica.

—¿Satisfecho con la comida? —le pregunta Champignon.

—Naturalmente —responde el cliente—. Y ahora que he llenado la barriga, hablemos de negocios. Siéntese, por favor. Me llamo Silvio. Silvio Carrascosa...

¡Achís! Perdóneme, no consigo quitarme el resfriado de encima.

El cocinero, sorprendido, se sienta a la mesa del hombrecillo, que continúa:

—¡En cuanto le vi por televisión, en el Rey de los Fogones, se me ocurrió una idea! Me dije que un restaurante a base de flores era demasiado poco. Todos los españoles tienen derecho a probar platos exquisitos como los merengues a la rosa. Y eso es lo que tengo la intención de hacer: ¡abrir una cadena de Pétalos a la Cazuela en toda España, desde Galicia hasta Canarias!

—Pe... pero ¿cómo? —farfulla Champignon, atónito.

—Muy fácil —responde prestamente el hombrecito—. Usted me cede el nombre del restaurante y compila los menús oficiales de los restaurantes, y yo me ocupo de todo lo demás: compro los locales, contrato al personal, hago publicidad en televisión y prensa. Naturalmente, a usted le corresponderá un porcentaje de los ingresos y le daré enseguida una bonita suma por la cesión de la marca de su restaurante. Esa es mi oferta, pero podemos discutirla... ¡Achís!

El cliente estornuda otra vez, se suena la nariz, saca un bolígrafo del bolsillo y escribe una cifra sobre una servilleta blanca que luego entrega a Champignon. El cocinero observa con la boca abierta una lista interminable de ceros, que parecen huevos en fila.

—Por supuesto, se trata solo de la primera oferta. Todavía puedo añadir algo... Estoy seguro de que nos pondremos de acuerdo —prosigue Carrascosa—. Será un exitazo. Hubo una época en que se estilaba el hermoso lema «Díselo con flores». Pues dentro de unos meses los españoles no pararán de decir: «¡Coméoslo con flores!». ¡Achís! ¡Maldito constipado! Le dejo mi tarjeta de visita. Reflexione usted y en unos días hablamos. ¡Hasta pronto!

Gaston Champignon se levanta, estrecha la mano del señor Carrascosa y se vuelve a sentar en la silla. Piensa en la cadena de restaurantes Pétalos a la Cazuela.

Al verlo sentado con la mirada perdida, la señora Sofía se le acerca inquieta.

—¿Estás bien, Gaston?

Por toda respuesta, el cocinero le enseña la servilleta con la fila de ceros.

—¿Quién es el maleducado que ha ensuciado la servilleta? —pregunta enojada la señora Sofía.

Fidu está charlando con el Gato delante de la verja de la parroquia de San Antonio de la Florida. El maravilloso portero del Real Baby lleva su violín en bandolera. Ha acudido a los ensayos de Los Esqueléticos y, mientras espera que lleguen todos los del grupo, habla de fútbol con el número 1 de los Cebolletas, que lleva su monopatín bajo el brazo.

—Bueno, ¿qué tal se juega en la portería de un campo grande? —pregunta el Gato.

—En realidad, todavía no hemos echado ningún partido —responde Fidu—. Pero me estoy entrenando en el campo nuevo: las porterías son más grandes, así que este año me parece que tendré que volar... Además, será muy complicado despejar los balones altos: primero porque habrá más gente en el área y, segundo, porque los saques de esquina llegarán de más lejos y será difícil calcular el momento justo para blocar la pelota o rechazarla.

—También tendrás que jugar bien con los pies —explica el Gato—, porque si un compañero te cede el balón, no podrás cogerlo con la mano como en el fútbol de siete contra siete.

—Sí, Augusto ya ha empezado a entrenarme —cuenta Fidu—. Me lanza al área balones que rebotan, yo voy a por ellos, los detengo y despejo los más lejos posible. Todo es más complicado, pero la idea de empezar una liga nueva, en un campo de verdad como el Bernabéu, me apetece mucho.

—Te entiendo. A mí también me habría gustado... —confiesa el Gato—, pero este año he vuelto a prometer a mis compañeros del Real Baby que jugaría con ellos. Aunque si la próxima temporada te hace falta un buen suplente, ¡cuenta conmigo!

—¡Qué dices de suplente! —protesta Fidu—. Como mucho, haríamos como en París, jugaríamos una parte cada uno y los derrotaríamos a todos.

Al llegar las gemelas, Los Esqueléticos están al completo y pueden subir a la sala de ensayos de la parroquia.

A decir verdad, no están del todo al completo. Como sabéis, la cantante del grupo es Eva, que en este momento está en la otra punta del mundo. Ese es el problema que tienen que resolver antes de grabar la canción que enviarán al concurso para el Concierto de Nochebuena. Los ocho grupos vencedores, compuestos todos ellos por chicos, podrán tocar en un escenario que se montará en la plaza Mayor la tarde del 24 de diciembre, en el concierto organizado por el Ayuntamiento para celebrar la Navidad y que además será retransmitido por televisión.

La música ya está lista: es una canción alegre, con un estribillo muy pegadizo. La ha escrito Dani, y todos están entusiasmados con ella.

Augusto dicta el tempo, golpeteando sus baquetas contra el borde de la caja:

—¡Uno, dos, tres, cuatro!

Empiezan a tocar acompasadamente, Sara y Lara a los teclados, Dani a la guitarra y el Gato al violín. El esqueleto Socorro, la mascota del grupo, está sentado en una silla. Nico, que lleva puestos unos cascos, comprueba en un ordenador que el volumen de los diversos instrumentos esté bien ajustado. Es el encargado de las grabaciones.

Después de la última nota, Tomi y los demás Cebolletas, que hacen de público, saltan y se ponen a aplaudir, encantados:

—¡Fabuloso! ¡Habéis tocado como virtuosos! ¡Nos vemos en la plaza Mayor, no hay duda!

Dani responde con una mueca de escepticismo:

—No creo, porque nos falta el texto de la canción y... ¡la cantante! Y solo nos quedan diez días para grabarla y enviarla al concurso.

—Pero... ¿el texto no tenía que escribirlo Tino, como hizo con el himno de los Cebolletas? —pregunta João.

—Sí —contesta Sara—, pero esta vez le ha faltado inspiración. Ha escrito la historia de una gatita que se enamora de un ratón... Él cree que ella se lo quiere comer y se escapa, pero en realidad ella solo quiere darle un beso, y lo persigue gritando: «¡Alto! ¡Detente!». La canción se llama «Parad al ratón».

—¿Os imagináis a Los Esqueléticos con un esqueleto en el escenario cantando «Parad al ratón» delante de miles de espectadores? —pregunta Lara.

Se echan todos a reír.

—Esperemos que recupere rápidamente la inspiración... —suspira Dani.

Gaston Champignon ha convocado a todos los Cebolletas en la sala de la parroquia ante una pi-

RAFA

zarra, para darles una breve lección táctica antes del entrenamiento.

Los chicos se cambian, suben al primer piso y no encuentran al cocinero-entrenador solo. Con él está un chaval alto, con el pelo rubio un poco largo y despeinado.

—Queridos Cebolletas, para la próxima liga no he reparado en gastos —anuncia Champignon—. ¡Me he hecho con el delantero centro del Roma! Os presento a vuestro nuevo compañero, Raffaele Ramo, Rafa.

Los chicos se miran sorprendidos.

—Si es tan bueno con el balón como guapo, seguro que ganamos la liga... —susurra Lara a Sara.

—Gracias, Lara, estoy seguro de que ganaremos —salta Rafa—. Tú eres Lara, ¿verdad?

La gemela, que no creía que el chico la fuera a oír, se pone roja como un tomate y responde:

—Sí, soy yo...

Los Cebolletas ríen entre dientes y, uno tras otro, saludan a su nuevo compañero de equipo «chocándole la cebolla».

—Yo me llamo Tomi.

—Eres el capitán, ¿no es cierto? —pregunta Rafa.

—Sí, y he jugado con el Real Madrid —precisa Tomi.

—Mi padre me ha dicho que el Roma eliminó hace un par de años al Real Madrid de la Liga de Campeones... —sonríe el italiano.

—Mi padre, en cambio, me ha contado que el Real Madrid, además de ser el equipo europeo que más veces ha ganado esa competición desde que empezó, solo ha perdido una vez en el campo del Roma... —rebate el capitán de los Cebolletas.

Después de los saludos, Gaston Champignon indica en la pizarra cómo quiere alinear a los Cebolletas en el partido amistoso contra el Deportivo Valdeacederas.

—Empezaremos con un esquema 4-4-2, es decir, cuatro defensas, cuatro mediocampistas y dos delanteros —explica el cocinero-entrenador—. Sara y Lara jugarán de laterales por las bandas, mientras que Dani y Elvira se quedarán en el centro de la defensa. En el centro del campo, de derecha a izquierda, jugarán Julio, Becan, Nico y João. En ataque estarán Tomi e Ígor. Pavel y Rafa entrarán en la segunda parte. Será nuestro primer ensayo en campo grande. Nos servirá sobre todo para entender dónde tenemos más dificultades y de qué manera tendremos que entrenarnos para mejorar antes de que comience el campeonato. Ahora vamos a divertirnos un poco al campo. Hoy practicaremos las paradas de balón.

Los Cebolletas se dividen en parejas, se colocan a una decena de metros unos de otros y empiezan a lanzarse balones. El que recibe la pelota la detiene con el pie, el pecho o la cabeza y la devuelve a su pareja, que hace lo mismo. Primero con tiros rasos y luego con parábolas.

Como les ha dicho Champignon, «en campo grande los pases son más largos y, por lo tanto, llegan con más fuerza, por lo que nos hace falta habilidad para detener el balón, controlarlo bien y ponerlo rápidamente en juego».

Tomi se ha emparejado con Rafa y le ha bastado con un par de pases para darse cuenta de que el italiano tiene una técnica inmejorable. El balón se le queda pegado al pie y lo dispara con gran precisión.

El capitán se esfuerza como un poseso en el ejercicio. No quiere hacer un papelón con el del Roma...

Mientras los chicos entrenan las paradas de balón, Gaston Champignon extiende una gran lona de plástico en una esquina del campo, va al vestuario y vuelve con un cubo lleno de huevos frescos. Luego reúne a los Cebolletas con un pitido.

Fidu echa una ojeada al cubo con los huevos y suelta una carcajada.

—¿Vamos a hacer una tortilla, míster?

—No —responde el cocinero—. Vamos a acabar el entrenamiento con un juego curioso, así nuestro nuevo amigo Rafa sabrá enseguida que a nosotros nos gusta divertirnos... Veamos, el secreto de una buena parada, como os he dicho a menudo, está en acompañar el movimiento del balón. Becan, lánzame la pelota con las manos.

Becan lo hace, y Champignon levanta el pie: el balón rebota contra su tobillo y sale disparado.

—¿Habéis visto? —continúa el míster—. He mantenido el pie rígido y no me ha salido la parada. En cambio, si en el momento del contacto con el balón hubiera bajado rápidamente el pie, habría conseguido acompañarlo hasta el suelo y que se quedara a mi lado. No lo olvidéis: la pelota es una buena amiga y la tenemos que tratar con amabilidad. ¡Volvamos a probar, Becan!

El extremo derecho vuelve a lanzar el balón con las manos. Esta vez, el cocinero-entrenador no deja el pie rígido, y el esférico se le queda pegado al tobillo. ¡Una parada perfecta!

Los Cebolletas aplauden.

Gaston Champignon se atusa el bigote por el lado derecho y se acaricia el barrigón.

—Ya no tengo el físico de un número 10, pero mis pies siguen siendo tan buenos como hace tiempo... Ahora probemos con los huevos.

—¡¿Huevos?! —exclama Sara.

—Sí, huevos —responde Champignon—. Si los paráis bien no se romperán. Pero tendréis que acompañarlos hasta el suelo con mucho cuidado. ¿Quién quiere empezar?

Los Cebolletas se miran perplejos, hasta que Fidu empuja de un manotazo a Nico.

—¡Eso son cosas de números 10, así que te toca a ti!

Nico se prepara sin mostrar demasiada convicción. Gaston Champignon le lanza un huevo, el número 10 levanta el pie derecho y a continuación lo baja para acompañarlo a tierra, pero el huevo se rompe y le deja la bota empapada.

Los Cebolletas sueltan una carcajada.

—¡Siguiente! —exclama el cocinero-entrenador.

João da un paso adelante, confiado.

—Estos jueguecitos parecen hechos aposta para los brasileños, que tenemos unos pies de lo más virtuosos.

Pero a él también se le queda la bota empapada de yema y clara, como si fuera una sartén.

Le toca a Tomi.

El capitán acompaña el huevo hasta el suelo de manera intachable y lo hace entrar rodando sobre la lona de plástico.

—¡Fabuloso! —exclama Fidu.

Los Cebolletas aplauden, orgullosos de su capitán.

Se prepara Rafa.

El italiano, en lugar de intentar detener el huevo con el empeine, como todos, lo para con la parte exterior de la bota, tras un taconazo de lo más delicado. Lo mantiene en equilibrio en esa posición, lo lanza al aire y lo aferra con una mano, al tiempo que exclama:

—*Mamma mía*!

Los Cebolletas se han quedado con la boca abierta.

Gaston Champignon se acaricia el bigote por el extremo derecho.

—*Superbe!* Tienen que desempatar Tomi y Rafa. ¡Y lo harán con la cabeza!

—¿Con la cabeza? —pregunta Tomi, sorprendido.

—Sí, el sistema es el mismo —aclara el cocinero-entrenador—. Hay que detener el balón con suavidad, acompañándolo al suelo sin la más mínima sacudida.

Los Cebolletas aplauden con fervor y rodean al italiano para felicitarlo.

—Me parece que vamos a ganar la liga... —susurra Sara a Lara.

—Pues sí —responde Lara sin apartar los ojos de Rafa—. No solo es irresistible, además juega muy bien.

Rafa muestra el huevo a Tomi.

—El Roma gana al Real Madrid por 1 a 0...

Fidu se dirige hacia el vestuario al lado de su capitán, que todavía se está limpiando la cara.

—No te enfades, el champú al huevo es muy bueno para el pelo...

5
SUS AMIGOS LO LLAMAN «EL NIÑO»

La señora Sofía está saliendo del Pétalos a la Cazuela para dar su clase de baile. Como sabes, la mujer de Champignon, ex bailarina, era la maestra de Eva.

—¿No ha telefoneado el señor Carrascosa? —pregunta el cocinero-entrenador.

—¡Ya me lo has preguntado tres veces! —responde la señora Sofía—. ¿No te parece que le estás dando demasiada importancia a esa historia?

—Pero, cariño, ¡sería maravilloso! —exclama Champignon—. Imagínatelo... Podríamos ir a ciudades deliciosas como San Sebastián, Barcelona, La Coruña, Sevilla... y entrar en nuestro restaurante. Todos descubrirán mis platos a base de flores. Cubriremos de pétalos todo el país. ¿No es maravilloso?

—Tus platos son maravillosos porque salen de tus manos —replica su mujer—. ¿Quién los cocinará en San Sebastián o en Barcelona?

—Me encargaré personalmente de instruir a todos los cocineros —explica Champignon—, y viajaré a menudo para controlar la calidad de los platos en todos los Pétalos a la Cazuela del país.

—¿Sabes por qué es tan fascinante el arcoíris? —pregunta la señora Sofía—. Porque dura poco. Si durase media hora resultaría aburrido. Las cosas pequeñas tienen un encanto poético que pierden si se vuelven demasiado grandes. Lo mismo les ocurre a los restaurantes. Piénsalo, Chicho. Y no te obsesiones con aquella servilleta llena de ceros. Para mí no era más que una servilleta sucia.

Gaston Champignon toma la mano de su mujer y se la besa después de hacerle una elegante reverencia.

—Cada vez que me llamas Chicho, me siento de nuevo joven, como cuando éramos novios...

La señora Sofía sonríe, divertida:

—Entonces muchos también te llamaban Champi, ¿te acuerdas?

—¡Si quiere tocar conmigo, al menos podría respetar el tempo! —exclama enfadado Armando, y luego da otro fuerte golpe de platillos.

Lucía, con los brazos en jarras, lo mira exasperada:

—Sabes perfectamente que el doctor Estévez, del piso de abajo, no está tocando el tambor, sino aporreando el techo para que dejes de hacer ruido.

—¡Pero si yo no estoy haciendo ruido, sino música! —protesta el padre de Tomi.

—Es que tendrá pacientes, y está claro que le molestas —explica su mujer.

—El doctor Estévez tiene que aprender de sus pacientes a ser un poco más... ¡paciente! Ha colgado en la portería una hoja en la que invita a los vecinos a recoger firmas contra «el tranviario estrafalario», ¡y eso no se lo perdono! —exclama Armando, que entrechoca de nuevo los platillos.

El suelo retumba inmediatamente: ¡pum, pum! Es la escoba del doctor Estévez...

—Cuando te comportas así, pareces más infantil que tu hijo —lo reprende Lucía—. A propósito, deja los platillos y vamos a comprarle un regalo a Tomi. Se acerca su cumpleaños.

También los Cebolletas, a escondidas de su capitán, están pensando en qué comprarle para su fiesta.

Una vez más, quien tiene una idea brillante es Nico, el lumbrera.

—Le regalaremos algo que estoy seguro de que le gusta: ¡a Eva!

Sus compañeros de equipo lo miran, perplejos.

—Perdona, pero ¿cómo? —pregunta Fidu—. Como no te expliques...

—La tecnología a veces hace milagros... —contesta Nico, satisfecho.

Es el día del primer partido de los Cebolletas en un campo grande.

Por eso, aunque el de hoy no es más que un partidillo amistoso, los chicos llegan a la parroquia de San Antonio de la Florida muy concentrados, por no decir tensos...

Pero se relajan enseguida, gracias a un espectáculo inesperado.

—Hemos convencido a la gran Violette de que nos pintara algo en la parte trasera del Cebojet —explica Sara.

—¡Véis qué pasada! ¡Ahora nuestro autobús valdrá una fortuna y podrá exponerse como una auténtica obra del arte en los museos más importantes del mundo! —exclama Lara, entusiasmada.

La hermana de Gaston Champignon, con su delantal de pintora y el gorro de cocinero, ha pintado usando un calabacín una cebolla con patas que golpea la luna con la cabeza y la manda a las estrellas.

Para hacer las estrellas, Violette ha utilizado alubias. Las ha metido en el tarro del amarillo y las ha arrojado como si fueran piedras contra el Cebojet, tachonando así de puntitos amarillos el azul del cielo.

Los Cebolletas se quedan observando extasiados la obra de arte y al final aplauden a rabiar.

—*Superbe!* —exclama Gaston Champignon, satisfecho—. ¿No estás orgulloso de conducir una obra de arte de la famosa Violette, querido Augusto?

—Creo que el garabato que Violette ha hecho en la parte trasera del Cebojet nos será realmente útil —responde el chófer con toda la calma del mundo—. Los automovilistas se mantendrán alejados, y así tendremos menos riesgo de colisión.

Los Cebolletas se miran los unos a los otros con una sonrisa burlona.

Violette abre ojos como platos, aprieta los puños, se pone roja como un tomate e intenta contenerse, pero al final acaba lanzando todas las verduras que tiene al alcance contra Augusto:

—¡Fuera de mi vista, sepulturero de mal agüero! ¡No quiero volver a verte en esta vida ni en las próximas!

—¡Venga, chicos, vamos que nos vamos! —anuncia Gaston Champignon, mientras trata de calmar un poco a su hermana.

No hay nada que hacer: Violette y Augusto se llevan como el perro y el gato. No conviene que estén cerca...

El viaje es corto, porque el Centro Deportivo Valdeacederas está en el parque llamado la Huerta del Obispo, a pocos kilómetros de la parroquia de San Antonio de la Florida. Es un centro deportivo muy grande, donde no se juega solo al fútbol, sino también al voleibol, baloncesto, tenis y atletismo, todo ello con un espíritu más bien «cebollil». Es decir, que no se hacen selecciones ni se expulsa a nadie, sino que todos los chicos que se presentan tienen la posibilidad de practicar deporte en un ambiente amistoso. Los Cebolletas se sienten como en casa: es el sitio ideal para iniciar una nueva aventura.

Les hace los honores un entrenador alto, calvo y bigotudo.

—Bienvenidos —les dice con una sonrisa amable—. Me llamo Sergio y os voy a enseñar enseguida vuestro vestuario.

—Gracias por la acogida —le responde Champignon—. Como le he explicado por teléfono, es el primer partido de once que jugamos. Hemos venido a aprender de sus pupilos.

—Usted no lo sabe, pero yo he ido a ver muchos de los partidos que jugaban los Cebolletas en los parques —confiesa Sergio—, porque me gusta mucho el fútbol y me habían hablado de su equipo. Siempre me he divertido viéndolos jugar. Es verdad que el fútbol entre equipos de once es muy distinto del que juegan los equipos de siete. Pero usted me ha enseñado que, con buenos ingredientes, no es muy difícil hacer porciones que sean un poco más abundantes. Y usted, señor Champignon, cuenta con unos ingredientes de primera en su equipo...

Los Cebolletas sonríen. El cocinero-entrenador se atusa el bigote derecho, orgulloso.

En el vestuario, Gaston Champignon da los últimos consejos al equipo:

—Estoy seguro de que vamos a tener muchos problemas. No os desaniméis; estamos aquí para aprender, no para vencer. Empezamos a explorar un planeta nuevo y misterioso. Todo lo que va a ocurrir hoy en el campo durante el partido, sea bueno o malo, nos servirá para llegar mejor preparados a la liga. En este nuevo planeta hay muchas cosas distintas, pero en realidad las que son más importantes no cambian: como siempre, hay un balón, hay un terreno de juego y hay un montón de amigos con los que jugar y pasarlo bien. Así que, chicos, salgamos al campo como siempre lo hemos hecho: ¡para divertirnos! ¿Somos pétalos sueltos o una flor?

—¡Una flor! —responden a coro los Cebolletas.

La pista de atletismo que rodea el campo hace todavía más grande el estadio del Centro Deportivo de Valdeacederas.

Cuando se ponía entre los palos de la portería en los partidos contra el Real Baby, Fidu lograba ver las muecas que hacía el Gato sin tener que esforzarse. Ahora apenas divisa al portero del Valdeacederas, lo ve como un puntito en la lejanía.

Nico y Tomi están en mitad del campo, listos para el saque inicial. Normalmente, el capitán cedía la pelota al número 10, quien la lanzaba hacia la izquierda para João, que, después de controlarla, ya estaba en disposición de disparar a puerta.

Ahora a Nico le parece que João está lejísimos y comprende que no será fácil llegar hasta él de un solo disparo. Además, aunque lograra alcanzarlo, João tendría que correr unos cuarenta metros antes de poder disparar a gol. Por eso, en cuanto suena el silbato, el número 10 recibe la pelota de Tomi y la cede hacia atrás a Becan.

El fútbol entre once es de verdad otro planeta, como decía Champignon, y para adaptarse hay que cambiar realmente de costumbres. La primera impresión es que los Cebolletas necesitarán algo de tiempo y mucho trabajo para sentirse a gusto.

De hecho, en su primer intento los verdinegros de Valdeacederas logran marcar el primer gol. Y lo hacen con una jugada preciosa, en la que participan todos los miembros del equipo.

El número 10 pasa al 7. Lara se le pone delante. Está acostumbrada a empujar al adversario hacia la línea lateral y a intervenir en el momento oportuno, pero la banda lateral de un campo grande es mucho más difícil de proteger. Además, el extremo derecho lanza la pelota muy por delante y echa a correr tras ella como una flecha. En un campo pequeño, el balón habría salido por la línea de fondo, pero en este caso el número 7, que ha superado a la gemela, lo alcanza antes de que salga del campo y hace un pase cruzado hacia el área.

En la jugada del segundo gol es Fidu el que calcula mal la salida tras un saque de córner y da un manotazo sin ton ni son al balón. Este acaba en los pies del número 10, que no tiene más que empujarlo al fondo de la red y agradecérselo.

El primer tiempo se convierte en una auténtica pesadilla.

Nico vaga por el centro del campo como un explorador que se hubiera perdido en el desierto. No sabe dónde ponerse, sus compañeros siempre le parecen demasiado alejados y lanza enseguida los pocos balones que le llegan lo más lejos posible, con la esperanza de que aterricen por donde anda Tomi. Mediada la primera parte tiene una especie de espejismo: entrevé la portería de los rivales y cree que puede llegar hasta ella. Chuta con toda la fuerza que le ha quedado en el cuerpo, pero la pelota se eleva y acaba junto al punto de penalti. El portero verdinegro tiene que salir de entre los palos para recogerla.

Tino, sentado en las gradas, anota en su bloc: «Como cabía esperar, Nico está perdido en medio del océano como un pez de colores».

A sus compañeros tampoco les va mejor.

Julio ha echado varios sprints, pero siempre lo ha detenido el defensa lateral. João ha conseguido hacer un par de regates, pero, al levantar la cabeza convencido de que podría ceder el balón, ha visto que aún tenía veinte metros por delante. Como si hubiera corrido en dirección contraria por una escalera mecánica que lo ha hecho retroceder.

Cada vez que Tomi ha detenido una pelota y ha intentado darse la vuelta para echar a correr hacia la portería, los defensores de Valdeacederas le han cerrado el camino.

La primera parte acaba con un resultado de 6 a 0 a favor de los verdinegros.

—A lo mejor se llama fútbol de once porque se meten once goles por partido... —comenta Fidu, abatido, durante el descanso.

—Estoy totalmente mareado... —dice Becan al tiempo que se sienta sobre un banco del vestuario—. Tengo la sensación de haber acabado de bajarme de una montaña rusa.

—No es un partido, es una novillada: ellos se pasan la pelota y nosotros corremos detrás... —se lamenta Tomi.

—¡Ni en el último maratón hice tantos kilómetros corriendo! —exclama Ígor.

—A lo mejor todavía estamos a tiempo de apuntarnos al campeonato de equipos de siete jugadores —concluye João.

Gaston Champignon levanta su cucharón.

—¡Una cazuela llena de alubias no bulle tanto como vosotros! En lugar de lamentaros tanto, ¡os tendríais que alegrar!

—¿Porque no nos han metido siete en lugar de seis? —pregunta Sara.

—No, porque hemos cometido un montón de errores, lo que quiere decir que podemos hacer un montón de progresos —responde el cocinero-entrenador—. Ya os lo he dicho antes: hoy no cuenta el resultado, sino saber qué tenemos que hacer para mejorar. Ahora ya lo sabemos.

—¿Por ejemplo? —pregunta Tomi.

—Por ejemplo, los chicos de Valdeacederas nos han enseñado que en el fútbol en campo grande hace falta paciencia —explica Champignon—. En nuestro campito podíamos hacer pases largos y echar enseguida a correr. En cambio, si lo hacemos aquí, nos cansamos demasiado, porque las distancias son mayores y, además, los compañeros no tienen tiempo de seguir la jugada y subir al ataque. No debemos tener prisa. Tenemos que avanzar pasándonos la pelota sin parar, como practicamos en los entrenamientos y como han hecho a la perfección nuestros adversarios. A ver si aprendemos que un pase horizontal o incluso hacia atrás no es una pérdida de tiempo, sino una forma de llegar a la portería contraria. ¿Entendido, João? No hay que ponerse sistemáticamente a driblar con la cabeza gacha. Y tú, Tomi, no tienes que intentar siempre girarte y regatear a los defensas. También puedes detener el balón, cederlo atrás a un compañero que esté sin marcaje y subir al ataque. Nico, no tengas miedo, que la pelota no te va a estallar entre los pies: puedes quedártela un poco y pasarla al compañero que tengas más cerca o incluso mandarla hacia atrás. No te obsesiones con los pases largos para los atacantes, ¿está claro? Más calma y mayor posesión del balón. ¡No tenemos nada que perder y un montón de cosas que aprender! ¿De acuerdo, Cebolletas?

Los chicos dan a entender que han comprendido y, levantándose de sus bancos, se «chocan la cebolla» para animarse.

—Yo también he cometido errores en la primera parte —confiesa Champignon—. No he protegido bastante la defensa. En el segundo tiempo jugaremos con un solo delantero. Sale Ígor y entra Rafa. Tomi jugará a sus espaldas y, cuando ataquen los adversarios, retrocederá hasta la línea de cuatro mediocampistas. Así tendremos un dique de cinco jugadores por delante de la defensa. Pavel sustituirá a Nico. Veréis cómo ahora nos divertimos un poco.

Rafa entra al campo y explica a sus compañeros:

—Yo intentaré detener la pelota en ataque y protegerla para que tengáis tiempo de subir. Entonces nos la jugaremos. Tomi, cuando me acerque a ti y te la ceda hacia atrás, hazme un pase largo hacia delante sin esperar a que me dé la vuelta, ¿vale?

—Vale —responde el capitán.

En el segundo tiempo las cosas van mucho mejor.

El partido se equilibra al fin.

Con la nueva alineación, a los verdinegros les cuesta mucho más llegar al área: el filtro del centro del campo funciona. Una vez pasada la emoción, y cuando han cogido confianza con las dimensiones del campo, los marcajes de las gemelas, de Elvira y de Dani son cada vez más eficaces.

Pero donde más ha cambiado el aire del partido es en el ataque, gracias a Rafa, que está disputando un gran encuentro. Cada vez que toca el balón, Gaston Champignon se atusa el bigote por el lado derecho en el banquillo. Nadie esperaba que fuera tan bueno.

El italiano es de lo más habilidoso para defender el balón y así da tiempo a los centrocampistas a subir y lanzarse al ataque en masa. Como es alto, se le da muy bien jugar de cabeza y regatear, y es imparable cuando coge velocidad por las bandas. Así lo demuestra en el primer gol.

Rafa se escora hacia la izquierda para ayudar a João, marcado por dos defensores.

—¡Tacón! —grita el italiano.

João le pasa la pelota a Rafa de un taconazo, este echa a correr por la banda, dribla a dos adversarios, se interna en el área y, desde el centro, chuta con el interior del pie derecho una parábola que supera al portero y entra en la meta acariciando el palo más alejado.

El segundo gol lo marca con ayuda de Tomi.

El italiano defiende el balón al borde del área, acosado por tres defensas, retrocede hacia el centro del campo y pasa al capitán mientras lanza un grito: «¡Rápido!».

Tomi lanza la pelota de primeras hacia la portería. Rafa se gira como un rayo, se deshace de los marcadores gracias a su sprint y supera con suavidad al guardameta, que había salido de entre los palos para taparle huecos.

—*Superbe!* —exclama Champignon en el banquillo.

El partido acaba 9 a 2.

El cocinero-entrenador acoge a los Cebolletas en el vestuario con una sonrisa radiante. Ni siquiera después de ganar el campeonato se había sentido tan satisfecho.

—¡Maravilloso, chicos! ¡Os habéis superado!

—A lo mejor no se ha dado cuenta de que hemos perdido por 9 a 2, míster... —contesta Fidu.

—¡Pero en la segunda parte solo hemos perdido por 3 a 2! —rebate el cocinero-entrenador—. Ya nos ocuparemos del resultado en la liga. Yo hoy lo que quería ver eran mejoras y he visto muchas más de las que esperaba. ¡Si en unos pocos minutos hemos pasado de un 6-0 a un 3-2, quiere decir que también podremos hacer grandes cosas jugando once!

El propio Sergio, dando muestra de una gran deportividad, entra en el vestuario para felicitarlos.

—Espero de verdad que no nos toque jugar en vuestro grupo. Si aprendéis tan rápido, en unos meses seréis invencibles... ¡Felicidades y mucha suerte en la liga, chicos!

Los Cebolletas le dan las gracias y luego rodean a Rafa para felicitarle.

—Dinos la verdad —empieza Ígor—, ¿a que estabas acostumbrado a jugar en campo grande?

—Pues sí —contesta el italiano—. En el Roma siempre jugábamos once.

—Has metido dos goles que recordaban a los de Fernando Torres, el delantero centro de nuestra selección nacional... —comenta Nico.

—En realidad, mis amigos me llaman El Niño, el apodo de Torres... —confiesa Rafa.

—¡Pues a partir de hoy serás El Niño también para nosotros! —decide Fidu.

El italiano ve a Tomi sentado en un rincón del vestuario y exclama:

—¡Gracias por tu excelente pase, capitán!

Tomi se esfuerza por sonreír. No está satisfecho con su partido.

El periodista Tino ha apuntado en su bloc: «¿Será Rafa la nueva estrella de los Cebolletas?».

6
LOS PALOS DE TINO

—Con permiso —dice Tomi, antes de levantarse de la mesa.

—Adelante —responde Lucía, con una sonrisa.

El capitán coge el teléfono inalámbrico, va a toda prisa a su habitación y se echa sobre la cama de espaldas, como si fuera el colchón de los saltos de altura.

Es el momento de la llamada semanal a Eva.

En Madrid es primera hora de la tarde, mientras en China ya es de noche, así que la bailarina tendría que estar en casa.

—¡Hola, Tomi! —responde una voz alegre—. ¿Puedo presentarte a un nuevo amigo?

La pregunta pilla al capitán por sorpresa. No esperaba nada parecido. Y, a decir verdad, no le entusiasma la idea...

—Pero ¿habla chino? —pregunta Tomi.

—No, canta —contesta la bailarina.

—¿Canta en chino? —insiste el capitán.

—¡Es un grillo! Se pasa el día cantando.

—¿Y dónde lo guardas? —pregunta Tomi, aliviado porque no se trata de un amigo de verdad.

—En una jaulita —responde Eva—. Me lo ha regalado mi amiga Chen.

—Pobre grillo —comenta el capitán—. ¿No sería mejor dejarlo libre?

—Los grillos chinos están acostumbrados —explica la bailarina—. Los chinos se meten las jaulitas en el bolsillo y se van por ahí con ellos. Dicen que dan buena suerte. Además, yo lo trato bien. Le doy lechuga fresca para comer. Él está feliz y canta sin parar. Me pone contenta.

—A lo mejor tendrías que enviarles uno a Los Esqueléticos... —ríe entre dientes Tomi, y luego le cuenta a Eva la historia del concurso para el concierto de la plaza Mayor y las dificultades del grupo para encontrar un texto y a un nuevo cantante.

La bailarina le cuenta su excursión a la Gran Muralla china, que hizo hace dos días con sus padres y con la familia de Chen.

Tomi imagina el recorrido de las palabras que salen de los labios de Eva, entran por el micrófono, vuelan por las nubes, atraviesan océanos y desiertos y llegan por fin hasta sus oídos.

Piensa en el grillo y, por primera vez en su vida, descubre sorprendido que siente envidia de un ser que está detrás de los barrotes de una jaula.

Un estrepitoso chirriar de platillos interrumpe sus reflexiones.

—¡Papá! —exclama Tomi enfadado.

—Es el gong que anuncia el fin de la llamada —explica Armando—. Tendré que vender el coche nuevo para pagar las llamadas que haces a China...

El padre de Tomi sale de la habitación porque alguien llama a la puerta.

Armando abre y saluda al presidente de la comunidad de vecinos:

—Buenas tardes, señor García, le recuerdo que ya he pagado el alquiler de este mes.

—Ya lo sé —responde el presidente—. No he venido por eso, sino para pedirle amablemente que no toque en casa esos cacharros que lleva en la mano. Un vecino se ha quejado.

—¡Sé perfectamente que se trata del doctor Estévez! —exclama Armando, mirando el suelo y haciendo entrechocar de nuevo los platillos.

El inquilino del piso de abajo agarra inmediatamente la escoba y da tres golpes contra el techo.

—Por favor, Armando —insiste el presidente con mucha delicadeza—. Ya sé que va a representar a Madrid con la banda de los tranviarios, pero practique fuera de casa. Ayúdeme a devolver la paz a la comunidad, se lo ruego...

—De acuerdo, se lo prometo —contesta Armando—. No volveré a tocar los platillos en casa.

El señor García sonríe mucho más tranquilo y se pasa un pañuelo por la frente para secarse el sudor, antes de salir al rellano.

—Le agradezco su comprensión, que tenga un buen día.

El padre de Tomi cierra la puerta y exclama:

—¡No volveré a tocar los platillos en casa! Practicaré solamente cuando baile. ¡He decidido aprender flamenco!

Mientras lo dice, se pone a bailar, dando grandes taconazos contra el suelo con los tacones de los zapatos. En cuanto el doctor Estévez vuelve a aporrear el techo con la escoba para exigir silencio, Armando exclama satisfecho:

—¡Olé!

Lucía, cabizbaja, observa a su marido y le dice:

—Un niño de cuatro años es más maduro que tú...

Tomi sigue tumbado boca arriba en su cama. Está observando el techo y repite una de las últimas frases de Eva: «¿Sabes qué nombre le he puesto al grillo? Tomi».

Mira el techo y sonríe.

El camarero del hotel llama a la puerta de la suite.

Violette va a abrir, y el camarero hace entrar en la habitación un carrito con el desayuno y los periódicos de la mañana.

La pintora hojea un diario y en las páginas de cultura encuentra un artículo que trata de su exposición y de la «pintura a la verdura». Come un trozo de bizcocho pero se detiene en seco, con los ojos como platos, y se pone a toser. Se le ha atragantado lo que ha leído...

La hermana de Gaston Champignon hace una bola con el periódico y la lanza a la papelera, vociferando:

—¡Quiero ver si este crítico tiene el valor de decirme a la cara todas estas guarrerías!

En ese preciso instante, Augusto, que acaba de llevar a las gemelas al colegio, está leyendo el mismo artículo sentado en un banco.

«Ha llegado a Madrid la célebre pintora francesa Violette Champignon, que el sábado inaugurará su exposición en el Museo de Arte Reina Sofía», escribe en el periódico un famoso crítico de arte. «Un consejo desapasionado: no merece la pena desperdiciar un día de sol para admirar semejante menestra... Si todos los grandes pintores de la historia han usado pinceles será por algo. Violette habría tenido que seguir cortando zanahorias y calabacines en la cocina para los platos de su hermano Gaston (¡ese sí que es un verdadero artista!). Una cocinera de tres al cuarto, ¡esa es la verdadera vocación de Violette Champignon! Y lo demuestra con los cuadros que ha traído a Madrid. Si quieren echar unas risas, vayan a verlos...»

Por la tarde, también los Cebolletas se ponen a leer un artículo de prensa delante del tablón de anuncios de la parroquia de San Antonio de la Florida.

Tino no ha sido menos severo con su equipo que el crítico con los cuadros de Violette...

«Queridos hinchas de los Cebolletas, un consejo: olvidaos de las victorias del año pasado y preparaos para una temporada de sufrimientos... Nuestros chicos todavía no están preparados para jugar en campo grande y quizá no lo estén nunca, porque no cuentan con los medios necesarios. Sobre todo en el centro del campo.

»Nuestro Nico es un gran número 10: es muy habilidoso con los pies, ¡pero en campo pequeño! En un campo grande, hay que tener piernas poderosas y pulmones para ir sobrado. Pero Nico, con sus piernecitas como palillos y sus pulmones como una bolsita de patatas fritas, siempre sufrirá. Lo hemos comprobado en el partido amistoso del Centro Deportivo de Valdeacederas, donde dejó un boquete en el centro del campo por el que se paseaban los adversarios y hacían lo que querían.

»Tampoco João puede ser el artista del regate que conocemos. En el campo grande se topa con laterales expertos en el marcaje de las bandas, normalmente fornidos, y de hecho en todo el partido no consiguió dar un pase en condiciones.

»También esperaba mucho más de Tomi, nuestro capitán. A pesar de su talento, le hará falta mucho tiempo para acostumbrarse al campo grande. En el amistoso parecía un niño perdido en la plaza Mayor, que no sabe adónde ir.

»El Niño, en cambio, se ha comportado como un campeón. Se nota que está habituado a jugar en campos de once jugadores. Gaston Champignon se ha lucido con su fichaje. Creo sinceramente que el italiano se convertirá en la estrella de los Cebolletas, para alegría de las gemelas, que lo miran como hace Fidu con los merengues... Pero no basta con un solo jugador.

»¿Ha sido buena idea cambiar de campeonato?

»Queridos amigos, este año tendremos que resignarnos a lo peor, pero apoyaremos como siempre a nuestros Cebolletas, ¡que están haciendo lo que pueden para ganar esta liga como hicieron con el campeonato entre equipos de siete jugadores!

»Tino.»

—¡Ese criticón nos ha molido a palos! —exclama Sara, con los ojos inyectados en sangre por la ira.

—Pero no le falta razón... —reconoce Nico—. Hemos perdido por 9 a 2. Tenemos que aprender un montón antes de ser competitivos en campo grande.

—Tino también tiene razón en lo que dice sobre el medio del campo —observa Dani—. Podríamos preguntar al número 10 de los Diablos Rojos si quiere jugar con nosotros. Es como un oso de pies habilidosos. Nos iría la mar de bien en el centro del campo.

—Buena idea —aprueba João—. De todas formas, yo me pregunto si hemos hecho bien en cambiar de liga. Tino no está del todo equivocado.

—¡Pues claro que hemos hecho bien! —responde Lara—. ¡Si no se intentan cosas nuevas, no se crece! Cuando éramos pequeños íbamos en triciclo, ahora vamos en bici y en monopatín y nos divertimos más, ¿o no? Estoy segura de que pronto nos divertiremos como locos en el campo grande. Sabéis que a Tino le encanta provocar, y de vez en cuando escribe tonterías...

—Pero es verdad que miráis a Rafa como yo los merengues —observa Fidu.

Los Cebolletas se echan a reír. Sara y Lara miran al Niño y se ponen rojas como tomates...

Por detrás del grupo se oye una voz con la que ya nadie contaba:

—Lara tiene razón. Tino exagera de vez en cuando, se merecería unos martillazos en los dedos... De todas formas, ahora que estoy aquí no volveremos a perder por 9 a 2.

—¡Aquiles! —exclama Becan—. ¿Dónde te habías metido?

—He estirado un poco las vacaciones... —explica Aquiles atónito, mientras les «choca la cebolla» a sus colegas.

—¿Te vienes con nosotros, entonces? —le pregunta Tomi.

—¡Listo para el primer entrenamiento! —responde Aquiles enseñándoles la bolsa que lleva en la mano.

Tras la entrada en el equipo de Julio, Elvira, Rafa y Aquiles, los Cebolletas son ahora catorce, un número suficiente para participar en una liga de verdad, aunque les iría bien tener más de tres reservas. Por culpa de las lesiones, las tarjetas rojas y otros problemas que puedan surgir será difícil que la flor esté siempre al completo, entre otras cosas porque una liga con equipos de once jugadores es más larga que una de siete, ya que cada grupo consta de más equipos: ocho y no seis.

En cualquier caso, con una flor de catorce pétalos los entrenamientos son más divertidos. Y se pueden organizar partiditos de siete contra siete.

Es precisamente lo que está haciendo Gaston Champignon, que reparte chalecos de colores para formar los equipos. Como de costumbre, los entrenamientos del cocinero siempre reservan alguna sorpresa...

—Pero... ¡si eso es un balón de rugby! —exclama Aquiles atónito.

—Es que en realidad vais a jugar al rugby —responde Champignon, quien explica las reglas a los chicos—. Como ya os he dicho, en los partidos en campo grande hace falta mucha paciencia. No tenemos que limitarnos siempre a atacar, como hacíamos antes. Debemos aprender a construir las jugadas con calma, utilizando también los pases hacia atrás. Para eso nos servirá el rugby. Como sabéis, en el rugby solo se pueden hacer pases hacia atrás con las manos. ¿Estáis listos?

—¿Y podemos hacer placajes y agarrar al adversario por las piernas? —pregunta el Niño.

—¡Pues claro! Si no, ¿cómo vais a disfrutar? ¡Divertíos! —exclama el cocinero-entrenador, que con un pitido indica el comienzo del encuentro.

El partido es apasionante, y los chicos, entre revolcones, rebotes inesperados del balón y una meta muy especial, se olvidan del 9-2 y de las críticas de Tino.

Aparte de la alegría que provoca, el ejercicio es realmente útil, porque los Cebolletas se acostumbran a ocupar todo el campo y a avanzar con pases cortos hacia atrás.

Como en este caso...

FIDU LANZA LA PELOTA DE UN PATADÓN.
POM
TOMI Y BECAN ECHAN A CORRER PARA HACERSE CON ELLA.
EL EXTREMO DERECHO LLEGA ANTES, PERO EL REBOTE LE DESPISTA.
FIUUU
TOMI ABRAZA LA PELOTA OVALADA...
... Y CUANDO SE DISPONE A LANZARLA MÁS ALLÁ DE LA LÍNEA DE META...
¡PUM!
... ACABA TIRADO EN EL SUELO.
¡PERDONA, CAPITÁN!

El Niño le arrebata a Tomi el balón de las manos y con una gran sonrisa prepara el contraataque.

Julio lo bloca y echa a correr por la derecha, lo cede a Nico hacia atrás y, de mano en mano, el balón ovalado llega hasta la banda opuesta, donde Rafa lo recoge y sale corriendo como una flecha, apretándoselo contra el costado.

Parece inevitable que marque, pero, a un metro de la línea de yeso, Sara y Lara se lanzan a las piernas del italiano y le dan un revolcón.

—¡Fabuloso! —exclama Tomi del otro lado del campo, encantado.

Gaston Champignon se atusa el bigote por el extremo derecho, divertido.

Cuando acaba el entrenamiento, el cocinero se acerca a João y le pregunta:

—¿Conoces a Roberto Carlos?

—Sí —contesta el extremo derecho—. Es uno de los mejores laterales brasileños de la historia.

—Me gustaría contarte algunas cosas sobre él —prosigue Champignon. Y le explica cómo el pequeño zurdo, que jugaba en defensa, marcaba como un delantero, porque sorprendía a todos echando a correr desde muy lejos.

7
LAS PALABRAS DE TOMI

En el Pétalos a la Cazuela suena el teléfono.

Lo coge la señora Sofía, que luego anuncia:

—¡Es para ti, Gaston! ¡Corre, es el señor Carrascosa!

El cocinero deja los fogones y va hasta el teléfono del comedor a la carrera.

—¿Cómo está, querido Champignon? —le pregunta Silvio Carrascosa—. ¿Listo para invadir España con sus flores?

—¡Listísimo! —responde Champignon—. ¿Cuándo nos vemos para ultimar los detalles del proyecto?

—El proyecto sigue adelante a toda vela —explica el tipo de la nariz porcina—. Ya he descubierto los locales que hay que comprar en las diferentes ciudades. Y ya he hablado con el propietario de su restaurante.

—¿El señor De la Fuente? —pregunta sorprendido el cocinero—. ¿El abogado que me alquila el local del Pétalos a la Cazuela?

—Sí, le he hecho una oferta para comprar el restaurante —responde Carrascosa—. No podemos arriesgarnos a que nos desahucie y nos deje en la calle cuando iniciemos la nueva actividad. Mejor comprar los ladrillos.

Gaston Champignon sigue preguntando:

—¿No le parece que va demasiado rápido, señor Carrascosa? Antes de comprar los locales deberíamos publicar anuncios en los periódicos para encontrar a los cocineros, estudiar cómo instruirlos y reflexionar con calma sobre muchos detalles.

—No se preocupe, Champignon —rebate Carrascosa—. Lo tengo todo pensado. No hacen falta más cocineros, ¡basta con usted! Al final de la semana me pasaré por su restaurante y le explicaré todo. ¡Luego transcribiremos en un fabuloso contrato todos los ceros que anoté sobre la servilleta! ¿De acuerdo? Créame, ¡gracias a sus flores, en sus bolsillos pronto florecerán billetes de los gordos! ¡Hasta pronto, querido socio, y salude a su señora de mi parte!

La señora Sofía observa a su marido, que cuelga el teléfono con expresión de perplejidad y se acaricia el bigote por el extremo izquierdo.

Los Cebolletas suben al aula de la parroquia donde les dan las clases de táctica.

—He hablado con Bruno, el número 10 de los Diablos Rojos —comunica João—. La idea de jugar en un equipo de once le apetece mucho, pero no quiere crear problemas a sus compañeros.

—¿O sea que ha dicho que no? —pregunta Sara.

—Tiene que hablar con sus amigos —responde el extremo derecho—, pero tengo la impresión de que se quedará con los Diablos Rojos.

Gaston Champignon llama la atención levantando el cucharón de madera delante de la pizarra.

—Pasado mañana echaremos nuestro segundo partido amistoso. He organizado un encuentro en el campo de los Estelares.

—¿El que está en el parque de Roma? —pregunta Nico.

—Exacto —responde el cocinero-entrenador—. Empezaremos con la táctica que ensayamos en el segundo tiempo del partido de Valdeacederas, y luego haré algunos experimentos durante el partido. La alineación inicial será esta...

Gaston Champignon escribe el nombre de los Cebolletas en la pizarra, con el esquema 4-4-1-1: cuatro defensas, cuatro centrocampistas, un medio punta y un delantero centro.

—Sara y Lara jugarán de defensas laterales, Dani y Elvira se quedarán en el centro de la zaga —explica el cocinero-entrenador—. El medio del campo, partiendo de la derecha, será el siguiente: Becan, Nico, Aquiles y João. Tomi se quedará por detrás de Rafa cuando ataquemos y bajará a la línea de mediocampistas cuando defendamos. Los demás entrarán durante el encuentro. ¿Alguna duda?

—Yo estoy acostumbrado a jugar en ataque, ¿qué tengo que hacer en medio del campo? —le pregunta Aquiles.

—He pensado que en esa posición aprovecharíamos mejor tu fuerza —responde Champignon—. En el primer partido tuvimos algunos problemas en el centro. No conseguíamos detener a los adversarios y recuperar el balón. Tú tendrás que hacer eso, básicamente.

—¿Como Xabi Alonso? —pregunta Aquiles.

—Exacto —responde el cocinero-entrenador—. También podrás subir y demostrar tus cualidades de atacante, pero lo más importante es que recuperes balones y se los pases a Nico, que podrá iniciar las jugadas con sus pases.

—¡Vale, míster, protegeré a nuestro número 10, y ojo a quien se le intente acercar! —exclama el antiguo matón.

Los Cebolletas bajan al vestuario a cambiarse riendo entre dientes.

Corren, hacen algunos ejercicios de calentamiento, se distribuyen por el césped sin dejar de pelotear y luego se dividen por parejas y practican pases y paradas de balón.

Hacia el final del entrenamiento, Gaston Champignon extrae del saco otra pelota oval, pero más pequeña que la de rugby.

—¿Hoy jugamos al fútbol americano? —pregunta Dani, divertido.

—Exacto —confirma el cocinero-entrenador, que luego explica—: es un juego muy útil. A Nico le servirá para pensar dónde lanzar el balón muy rápidamente. A Aquiles le vendrá bien para acostumbrarse a proteger al número 10. A los medio centros, para intentar recuperar la pelota antes de que la ceda Nico. A los delanteros, para echar a correr a toda velocidad tras los pases de Nico, y a los defensas, para tratar de interceptar los pases. Pero, sobre todo, es un juego muy divertido, y eso es lo más importante. ¡A vuestros puestos!

En la misma línea, de derecha a izquierda, se colocan Sara, Becan, Julio, el Niño, Elvira, Fidu e Ígor, listos para echar a correr.

Delante de ellos está el resto de los Cebolletas, agrupados, discutiendo cómo organizar el plan de ataque. Y empieza la acción.

NICO RECIBE EL BALÓN Y RETROCEDE, BUSCANDO A UN COMPAÑERO LIBRE.
EL NIÑO ECHA A CORRER HACIA EL NÚMERO 10...
... PERO AQUILES LE HACE UN PLACAJE Y LO TIRA AL SUELO.
SUPERBE!
LARA DETIENE A ELVIRA.
JOÃO BLOQUEA A ÍGOR.
NICO LO VUELVE A INTENTAR: VE A TOMI LIBRE Y ESTÁ A PUNTO DE TIRARLE EL BALÓN...
... CUANDO VE A JULIO LISTO PARA INTERVENIR...
... POR LO QUE DEJA EL BRAZO INMÓVIL. UN MOMENTO DE DUDA FATAL.
FIDU ATERRIZA CON SU PESO PLUMA SOBRE EL POBRE NICO.
POM

Aquiles ayuda a Nico a levantarse.

—¿Todo bien?

—Se me debe de haber caído encima un armario... —responde el número 10 tras ponerse en pie masajeándose la espalda.

—Tienes que pensar más deprisa —le sugiere Aquiles—. No solo porque el campo es más grande, sino porque hay más jugadores dispuestos a robarte la pelota.

—Lo intentaré... —promete Nico.

Los jugadores de los dos equipos vuelven a ocupar sus posiciones.

Aquiles y los demás Cebolletas de su equipo tratan de cerrar de nuevo el paso a los adversarios que se abalanzan sobre el número 10.

Nico retrocede otra vez con el balón ovalado en la mano, escrutando el campo de fútbol.

Pero, en esta ocasión, ve con el rabillo del ojo que Becan está a punto de echársele encima. Se aparta enseguida, y el extremo derecho acaba por las nubes... Por fin, con un tremendo esfuerzo, logra que el balón llegue hasta Pavel, que lo bloca y sale corriendo hasta la línea de meta. No hay quien lo pare.

—*Superbe!* —exclama Champignon, acariciándose el bigote por el lado derecho.

—¡Un lanzamiento magnífico, pulga! —le felicita Aquiles «chocándole la cebolla».

Nico sonríe, lleno de orgullo.

Los Esqueléticos están afinando los instrumentos en la sala de ensayos, en la tercera planta de la parroquia de San Antonio de la Florida. Los demás Cebolletas han ido a disfrutar del miniespectáculo.

Es su última oportunidad de grabar la canción que tienen de enviar al concurso para el Concierto de Nochebuena.

Detrás de los teclados, junto a su hermana gemela, Sara no parece demasiado convencida.

—¿Estáis seguros de que debemos participar?

—¡Claro que sí! —contesta Dani—. ¡Imagínate la plaza Mayor llena a rebosar de gente aplaudiéndonos mientras estallan los fuegos artificiales!

—Pero ¿tú crees que alguien puede aplaudir una canción que cuenta cómo una gatita persigue a un ratón? —rebate Sara—. Acabaremos pringados de tomate de la cabeza a los pies...

—Se los daremos a Violette para sus cuadros —comenta Lara.

Los Cebolletas sueltan una carcajada.

Dani, con la guitarra colgada del cuello y listo para comenzar a cantar, repasa el texto escrito por Tino, que ha apoyado sobre un atril:

—En efecto, nuestro periodista podía haberse inventado algo mejor. Pero no tenemos más tiempo. O grabamos esta tarde o adiós concierto.

Augusto se ha puesto a la batería. El Gato indica a sus compañeros que tiene el violín afinado. Todo está a punto. Los Esqueléticos se disponen a empezar cuando, de repente, salta Tomi de su silla y exclama:

—¡Esperad! Si queréis, he tenido una idea...

El capitán se acerca al estrado donde está instalado el grupo con una hoja en la mano y se la entrega a Lara, quien la lee junto a su hermana.

—¡Pero si es un texto precioso, Tomi! ¿Lo has escrito tú? —pregunta Sara.

—Sí, ayer por la tarde... Creo que encaja con la música —responde el capitán, ligeramente turbado.

—¡Una canción para Eva! —exclama Dani.

—Pues sí... —confirma Tomi, todavía más cortado.

—¡Ensayémosla enseguida, chicos! —propone Dani, que saca el texto de *Parad al ratón* del atril y coloca en él la nueva letra de Tomi.

La canción habla de un chico que va andando por las nubes y, agarrándose a las estrellas, consigue llegar hasta Pekín. El estribillo, que se repite infinidad de veces, dice: «Ojalá no estuvieras en China, sino aquí, en La Latina».

Al final de la canción, el reducido público congregado en la sala de la parroquia prorrumpe en una auténtica ovación. Todos felicitan a Tomi.

—¡Has escrito una poesía maravillosa! —le dice el Gato.

La banda está entusiasmada con la letra.

—¡Gracias por esta ayuda divina, Tomi! —exclama Augusto con un redoble de tambor.

Dani prepara la grabadora.

—¡Grabemos enseguida! ¡Esta canción nos va a llevar directamente a la plaza Mayor! La lástima es no tener a un cantante que sea un poco mejor que yo... Yo solo soy guitarrista.

—Si queréis, puedo probar a cantar yo...

Todos se dan la vuelta hacia el Niño.

—En Roma tenía una banda —explica Rafa—. Se llamaba I Pazzi, «Los Locos»... Y yo hacía de cantante. No pronuncio el español a la perfección, pero puedo intentarlo.

—¡La pronunciación no es ningún problema! —exclama Lara, entusiasmada ante la idea—. Es más, así la canción tendrá un toque especial.

—Es verdad —aprueba la otra gemela—. Nuestra madre se pasa el día escuchando las canciones de un tal Eros Ramazzotti, un italiano que a veces canta en español y es muy guapo.

—¿Más guapo que yo? —pregunta Rafa.

—No... —responden a coro las gemelas, después de lo cual se miran y rompen a reír.

El Niño tiene una bonita voz y se mueve con desenvoltura por el escenario. Como en el terreno de fútbol.

Fidu, que está sentado en la platea, susurra a Tomi:

—Tengo la impresión de que ese italiano sabría hacer también merengues. ¡Todo le sale bien! Tienes que ver cómo surfea con el monopatín...

—Ya —comenta el capitán.

Tomi está contento de haber ayudado a sus amigos, pero no le hace tanta gracia oír al Niño cantando a Eva: «Ojalá no estuvieras en China, sino aquí, en La Latina».

8 JOÃO HACE DE ROBERTO CARLOS

Armando sale de casa con los platillos de la banda y se encuentra en la portería con el señor García, el presidente de la comunidad, que lo saluda sonriendo:

—Buenos días, ¿cómo van los ensayos?

—Estupendamente, gracias —responde el padre de Tomi—. Como ve, he mantenido la promesa y solo practico fuera de casa...

—Se lo agradezco —sonríe el presidente—. Finalmente ha vuelto la paz, también a mi casa. No sé si sabe que el doctor Estévez me telefoneaba cada cinco minutos para quejarse de su música... Hasta la vista.

Armando espera que el señor García suba a su coche y se aleje y luego aprieta un botón del portero automático.

En cuanto el doctor Estévez contesta «¿Quién es?», Armando entrechoca los platillos furiosamente junto al aparato y se aleja riendo satisfecho.

No ha roto su promesa, porque los ha tocado fuera de casa...

Es el día de la inauguración de la exposición de Violette. Delante del prestigioso museo, espera una larga cola de personas vestidas con gran elegancia, todas con una invitación en la mano. En el interior, la pintora guía al alcalde de Madrid y a otras autoridades por las obras de su colección.

Entre el grupo de visitantes de postín están los Cebolletas al completo.

—¡La exposición de Violette es un éxito! —exclama con orgullo Sara.

—¡Mira, capitán, este es el cuadro que nos ha dedicado! —explica Lara conduciendo a Tomi ante una marina—. ¡La luna la pintó con una cebolleta!

De hecho, como explica el cartelito colgado al lado, el cuadro se llama *Cebo-luna sobre el mar*.

En un visto y no visto la galería se llena de visitantes. Violette recibe muchas felicitaciones y responde a mil preguntas.

—Es un verdadero honor acogerla en nuestra ciudad, mademoiselle Champignon —le dice el alcalde de Madrid—. Hace años que me gusta la «pintura a la verdura». En mi salón resplandece su obra maestra *Almuerzo con coles*. Me costó un ojo de la cara, pero estoy orgulloso... ¡Es magnífico!

Violette sonríe, halagada.

Entre tantos hombres encorbatados y mujeres vestidas de gala, la hermana de Gaston Champignon es la única que lleva unos vaqueros raídos y un gorro de cocinero... Entre un cuadro y otro ha hecho colgar de las paredes cogollos de lechuga, zanahorias, calabacines y tomates.

—Yo a ese señor ya lo he visto en televisión —dice Ígor.

—Sí —confirma Aquiles—. Es ese tipo que siempre está peleándose, más que yo incluso.

—Es un famoso crítico de arte —aclara Nico—. Entiende mucho de cuadros. Pero, a juzgar por lo que ha escrito en el periódico, no creo que le hayan gustado mucho los de Violette...

El crítico coge una copa de champán de la bandeja de un camarero, se aparta un mechón de pelo de la frente y se acerca a la obra *Cebo-luna sobre el mar*, riendo entre dientes como si estuviera viendo una película de risa.

Violette lo reconoce y se dirige hacia él con la mirada que suelen poner las gemelas cuando se enfrentan a un delantero.

—Me alegro de que mis cuadros le pongan de buen humor —dice la hermana de Gaston Champignon.

—No lo puedo evitar —responde el crítico gafotas—. Cuando miro sus obras me parece estar en el circo.

—¡Es usted un maleducado! —estalla Violette, furibunda.

—Se equivoca, no soy nada más que un crítico de arte, y expresar juicios es mi oficio —replica el hombre del mechón.

—¡Usted no ha expresado juicios sobre mis cuadros, sino sobre mí! —rebate Violette—. En el periódico me ha llamado «cocinera de tres al cuarto», ¡y eso es una ofensa! ¡Tendría que avergonzarse!

—¡Es usted quien tendría que avergonzarse de lo que pinta! —exclama el crítico, levantando la voz—. Me pregunto cómo se le ocurrió esta locura...

—Ya se lo explico yo —responde Augusto, acercándose con un tomate y un espárrago que ha descolgado de la pared.

—Un día, en el restaurante de mi amigo Gaston Champignon, hermano de la señorita Violette, se cayó un plato de espaguetis con tomate sobre la camisa de un cliente, y se formó una mancha parecida a esta... —explica el chófer del Cebojet mientras aplasta el tomate y lo extiende sobre la camisa blanca del criticón.

»Violette tuvo una idea genial —prosigue Augusto—. ¡Convertir esa mancha en una obra de arte! Utilizó un espárrago como pincel y pintó una maravillosa cabeza de caballo. Más o menos así...

»La cabeza de caballo no me ha salido demasiado bien —comenta Augusto—, pero ahora ya sabe usted cómo nació la «pintura a la verdura». ¿Me equivoco, mademoiselle Violette?

—¡En absoluto, Augusto! —contesta la hermana de Gaston Champignon con los ojos brillantes—. ¡No se ha equivocado usted en absoluto!

El crítico se aparta el mechón, observa la enorme mancha roja sobre su pecho y salta furibundo:

—¿Cómo se lo permite? Esta camisa es de seda pura y vale más que todos los cuadros que hay aquí dentro. ¡Les voy a denunciar a todos!

—Haga lo que quiera —responde con calma Violette—, pero ahora deje de gritar, porque molesta a mis invitados.

—Yo grito cuando quiero, ¡hortelana de tres al cuarto! —aúlla el criticón, cada vez más enojado—. ¡Mi casa está donde hay cuadros, así que esta es mi casa! ¡Mi casa!

Tienen que intervenir dos hombretones del equipo de seguridad, que lo acompañan a la salida, levantándolo casi en vilo, mientras él sigue vociferando:

—¡Les denunciaré a todos! ¡A todos!

Los Cebolletas baten palmas, divertidos, y todos los invitados se unen al aplauso. Gaston Champignon se acaricia el bigote por el extremo derecho.

—En la vida me habría imaginado que algún día tendría que darle las gracias —sonríe Violette a Augusto.

—Soy yo quien le da las gracias —contesta el chófer—. No sabía que pintar una camisa con un espárrago fuera tan divertido.

Un chico con la bolsa de los Diablos Rojos en bandolera observa el Cebojet mientras aparca junto a la verja del campo de los Estelares.

—¡Pero si es Bruno! —exclama Fidu.

—Han llegado chicos nuevos a mi equipo —explica el excelente centrocampista—. A lo mejor pueden disputar el campeonato sin mí. No sé, estoy un poco confuso... Así que he pensado que un partido en campo grande podría aclararme las ideas. ¿Puedo jugar un poco con vosotros hoy?

—Naturalmente —contesta Gaston Champignon—. ¡La puerta de los Cebolletas siempre está abierta!

—Aunque la mía no... —precisa Fidu.

Todos sonríen y se dirigen hacia el vestuario.

BRUNO

Los jugadores de los Estelares, uno de los clubes más antiguos de Madrid, visten camisetas naranjas. El campo solo está cubierto de hierba por las bandas.

Como en el segundo tiempo que disputaron en el Centro Deportivo Valdeacederas, los Cebolletas luchan denodadamente, y el encuentro está muy equilibrado desde el principio. Se nota que los pupilos de Champignon se están acostumbrando a las nuevas dimensiones del campo y que los ejercicios de su entrenador comienzan a dar fruto.

Fidu no corre tanto peligro como en la primera parte del primer amistoso, entre otras cosas porque, gracias al dique de cinco mediocampistas, la defensa está bien protegida. Aquiles se ha hecho enseguida a su nuevo papel: es un auténtico fortín delante del área grande y desbarata todos los ataques de los Estelares.

Elvira y Dani se entienden cada vez mejor: la antigua jugadora del Rosa Shocking, más veloz, se queda un poco por detrás para perseguir a los delanteros que han superado los obstáculos anteriores, mientras el defensor andaluz se ocupa de los balones altos que caen sobre el área.

En suma, el aspecto defensivo ya está resuelto. En cambio, los Cebolletas todavía tienen muchos problemas para elaborar jugadas de ataque.

A pesar de la protección del antiguo matón, a Nico le cuesta desmarcarse y crear juego. Aquiles recupera pronto el balón y lo cede al número 10, pero los adversarios se abalanzan inmediatamente sobre él y por lo general le arrebatan el balón. Le va mucho peor que en el entrenamiento con la pelota ovalada...

Pero es normal. No basta con dos partidos para aprender una nueva forma de jugar. Como repite sin cesar Champignon, se requiere mucho tiempo, ejercicio y paciencia.

También a João y a Tomi les cuesta. El brasileño tampoco consigue mostrar su famoso catálogo de regates ante los Estelares. El poderoso número 2 de los naranjas le impide sistemáticamente que llegue a la línea de fondo para dar pases cruzados.

El capitán, acostumbrado a ser el delantero más avanzado, se siente aún un poco perdido en su papel de medio punta, por detrás de Rafa. Tiene la sensación de correr sin ton ni son. Como si el balón, que hace poco siempre venía a su encuentro, hubiera decidido repentinamente evitarlo. Así que se va poniendo nervioso y, mediada la primera parte, tiene una pequeña trifulca con el Niño.

—¿Por qué no me la has pasado? —se queja el Niño.

—Es el primer disparo que hago a puerta —responde Tomi—. De vez en cuando puedo probar también yo.

—Pero yo estaba mejor colocado —rebate el italiano—. Desde donde tú estabas, marcar era casi imposible.

—No he jugado en el Roma, pero te aseguro que desde ahí he metido muchos goles —concluye el capitán, que retrocede para proteger el centro del campo.

Los Estelares se ponen por delante tras una falta que saca a la perfección el número 11. La pelota franquea la barrera y entra por la escuadra.

El segundo gol se debe a un error de Nico, que recibe el balón de Aquiles y levanta la cabeza para preparar el pase, pero es asaltado por dos adversarios, como en el fútbol americano. El número 9 de los naranjas supera a Elvira con un túnel y bate a Fidu en su salida: 2-0.

Poco antes del descanso, cuando está a punto de hacer un saque de esquina, Tomi oye una voz a sus espaldas:

—Hola, Tomi.

El capitán se da la vuelta y ve a la pequeña india en la grada, con su cinta de cuero sobre el pelo negro. Se esfuerza por recordar dónde la ha conocido y se acuerda de que su nombre rimaba con manzana.

—Hola, Mariana —dice.

—En realidad me llamo Adriana —precisa la india con una sonrisa—. Adriana, que rima con manzana.

—Ah, sí... perdóname —farfulla el capitán, que saca de esquina para que prosiga el juego.

—*Superbe!* —exclama Champignon en el vestuario—. Del 6-0 del primer tiempo de Valdeacederas hemos pasado al 2-0 de hoy. Hemos dado un gran paso adelante. ¡No olvidéis que de momento nos interesan los progresos, no los resultados!

—Pero en ataque no hemos progresado nada —comenta el Niño—. Ni siquiera un tiro a puerta.

—Es culpa mía —admite Nico—. Lo siento, pero en campo grande no me siento a gusto.

—No os preocupéis. ¿Por dónde se empieza a construir una casa? —pregunta el cocinero-entrenador—. Por los cimientos, ¿verdad? La defensa es la base de cualquier equipo y casi la tenemos a punto. Poco a poco llegaremos al tejado, es decir, al juego de ataque. Mientras tanto, en la segunda parte probaremos algo nuevo. ¿Te apetece hacer de Roberto Carlos, João?

En el segundo tiempo los Cebolletas adoptan una nueva alineación: 4-2-3-1.

Pavel hace de lateral derecho, João de lateral izquierdo, Elvira y Dani se quedan en el centro de la defensa. Los fortines pasan a ser dos: Aquiles se coloca junto a Bruno, el número 10 de los Diablos Rojos. Por delante de ellos atacará el tridente Julio-Tomi-Ígor.

También en esta ocasión los Cebolletas juegan mucho mejor en la segunda parte.

Aquiles y Bruno parecen esos matones gigantescos que no dejan entrar a nadie en los locales de moda.

Los Estelares dejan de causar molestias en la portería de Fidu: el centrocampista de los Diablos Rojos, además de ser muy bueno en el uno contra uno, tiene un disparo potente y preciso.

En cuanto Julio echa a correr por la derecha y João se libera por la izquierda, Bruno les hace llegar el balón y empiezan por fin a llover pases para el Niño, que marca el 2-1 de media chilena tras un pase del zurdo brasileño.

—*Superbe!* —exclama Champignon en el banquillo, entusiasmado.

El cocinero-entrenador ha tenido una intuición brillante.

João echa a correr de lejos, desde su posición de lateral, y así logra sorprender a los defensas y sus regates vuelven a ser eficaces.

Mediada la segunda parte, João sube por enésima vez por la banda y dispara al vuelo un trallazo poderosísimo, que se estrella contra el larguero. Un cañonazo a lo Roberto Carlos, el mítico zurdo brasileño que jugó en el Real Madrid.

El empate de los Cebolletas viene de la banda derecha.

Así es como se produce:

¡Es el primer gol del capitán en campo grande!

Tomi agradece a Rafa su pase perfecto «chocándole la cebolla».

—Estabas mejor colocado tú —sonríe el Niño.

Al salir del vestuario, Tomi se encuentra a la indiecita esperándolo.

—Bravo, has metido un bonito gol.

—Hombre, yo no diría que bonito... —responde el capitán—. He disparado a dos centímetros... El mérito es de Rafa.

—Tenéis un delantero que es un crack, ¿no? —pregunta Adriana.

—Sí —admite Tomi—. Es un crack y él es el primero en saberlo...

—Tienes razón —sonríe la india—. Mi hermano se hace un poco el chulito, incluso conmigo.

Tomi enrojece ligeramente.

—¿Rafa es hermano tuyo?

Adriana vuelve a sonreír, divertida.

—Sí, pero no te preocupes. No le diré que te parece que hace un poco el chulito...

En ese momento sale Rafa del vestuario.

—Tomi, ¿no estarás hablando de fútbol con mi hermana? No tiene ni idea. ¡Ella solo sabe de flechas! Y vete con ojo o te llenará la cabeza de rimas...

—¿Flechas? —pregunta el capitán.

—Sí, practico el tiro con arco. Voy a concursos —explica Adriana—. He encontrado un campo para entrenar muy cerca de aquí, en el Retiro. Me lo paso muy bien. Estoy segura de que a ti también te gustaría. Mañana voy a entrenar, ¿quieres venir?

9
UNA FLECHA EN EL ÁRBOL

Primera hora de la tarde.

Ya no quedan clientes en el Pétalos a la Cazuela.

La madre de Becan están preparando las mesas para la cena.

Gaston Champignon se despide y se dirige hacia su casa para echarse su acostumbrada siesta, pero de repente ve por la ventana a Silvio Carrascosa cruzando la calle en dirección al restaurante.

—¡Buenos días, querido Champignon! —exclama Carrascosa.

—Buenos días tenga usted —responde el cocinero, distraído por dos hombres que han entrado, han saludado con un gesto de la mano y han extendido sobre una mesa una gran hoja blanca.

—Todo va a las mil maravillas —cuenta el aspirante a socio—, pero ha llegado el momento de poner las cosas en claro. He pedido a mis abogados que me prepararan el acta de constitución de nuestra nueva sociedad. Léala con atención y luego fírmela.

—Como le decía por teléfono —explica Champignon—, me parece que quedan muchas cosas por discutir antes de llegar al contrato. La selección de los cocineros, por ejemplo...

—Se lo repito —responde Carrascosa—. Nos basta con un solo cocinero: usted. Usted escogerá el menú y luego transmitirá las recetas a nuestras cocinas de toda España, ¡y ya está! ¡Achís! Este maldito resfriado...

—En realidad, yo no pensaba en un menú único, sino diferente de acuerdo con las características gastronómicas de cada región —explica el cocinero—. Y, naturalmente, también la ambientación debe ser típica. El interior de un restaurante de Madrid no puede ser el mismo que el de uno de Málaga...

Carrascosa vuelve a estornudar y luego responde:

—Querido Champignon, es usted demasiado romántico... Mejor es una cadena de locales idénticos, con los mismos productos. Gastamos menos y somos más fáciles de reconocer, ¿no cree?

Uno de los dos hombres, que está trajinando con un metro plegable, pregunta:

—¿Dónde quiere colocar el mostrador con las cajas?

—Allí, junto a la cocina —responde Carrascosa.

—Perdón, ¿qué mostrador? —pregunta Champignon, atusándose el bigote por el lado izquierdo.

—El mostrador donde se colocarán en fila los chicos con las bandejas para retirar su consumición y pagar buenos dineritos —explica Carrascosa antes de estornudar de nuevo.

El cocinero se rasca la cabeza con su cucharón de madera, inspira profundamente y luego pregunta:

—A ver si lo entiendo: ¿tiene usted la intención de transformar mi Pétalos a la Cazuela en una cadena de comida rápida?

—Naturalmente —responde el aspirante a socio de la nariz porcina—, creía que estaba claro desde el principio...

—No estaba claro para nada, porque usted siempre ha hablado de restaurantes —objeta el cocinero.

—De hecho, los locales de comida rápida son en realidad los restaurantes modernos, querido Champignon. Son los restaurantes de los jóvenes —rebate Carrascosa—. ¿No entrena usted a un equipo de fútbol? ¡Verá cómo sus pupilos estarán encantados de comer en el Speedy Flowers deliciosos bocadillos a base de flores! Y lo mismo ocurrirá con los chavales de Toledo,

Barcelona, Santander... El día de San Valentín los novios llenarán nuestros locales y se intercambiarán merengues a la rosa con miradas tiernas... ¡mientras nosotros llenamos las cajas de billetes!

—Me lo estaba imaginando —suspira Champignon sacándose el gorro—. Ha sido un gran equívoco. ¿Sabe lo que estoy repitiendo sin cesar a mis chicos estos días? Que para trazar nuevos planes hace falta tiempo, pasión y paciencia. Como con la cocina y las flores. Si se quiere comer un buen plato, nada debe ser veloz, *speedy*, ni puede ser producido en serie. Todos mis platos se preparan amorosamente, como si fueran únicos en el mundo. Porque no he abierto el Pétalos a la Cazuela para forrarme, sino porque amo mi oficio y me gustan las flores. Usted, en cambio, las flores las odia, lo comprendí la primera vez que entró, cuando le vi apartar los pétalos al borde del plato, como si fueran escarabajos. Es incluso alérgico a ellas y, de hecho, cuando entra aquí se pone enseguida a estornudar. Siento el equívoco. Diga a sus ayudantes que dejen tomar medidas del local, porque aquí no entrará ninguna barra de comida rápida.

—Sí, es cierto: odio las flores porque me hacen estornudar —responde Carrascosa, poniéndose en pie—. En eso tiene razón, pero en lo demás anda muy equivocado. La barra entrará pronto, ¡porque he hecho una oferta al propietario de su restaurante que no podrá rechazar! ¡Abriré la cadena Speedy Flowers! ¡Aunque sea sin usted! Y si quiere mantener abierto este estúpido restaurante, lo mejor que puede hacer es buscar cuatro paredes que alquilar en otro rincón de Madrid. ¡Vamos, chicos! Volveremos en unos días, cuando hayan desmontado este comedor de amapolas... ¡Achís!

La señora Sofía, que ha escuchado la conversación desde la cocina, sale furiosa y exclama:

—¡Tenga, séquese la nariz con esto! —Y le tira a la cara la servilleta llena de ceros.

Silvio Carrascosa sale del restaurante con sus dos ayudantes, que han recogido el metro y los planos.

—Lo siento, Chicho —dice la señora Sofía, acariciando el pelo a su marido.

—No te preocupes, *mon amour*. Encontraremos otro local adonde llevar nuestras flores —suspira Champignon, que se esfuerza por acariciarse el bigote por el lado derecho, aunque de lo que tiene ganas es de agarrar el extremo izquierdo.

Tomi pedalea velozmente sobre su Merengue, su inseparable bicicleta rosa, seguido por los Cebolletas «históricos» y el Niño, que ha atado a la barra de su bici el monopatín, sobre el cual lleva pegado el escudo del Roma.

—Verás —le avisa Fidu—. En el Retiro han creado una zona nueva para el *skateboard*. ¡Nos vamos a divertir como locos!

—¿Está la ola? —pregunta Rafa.

—¿La de las paredes curvadas? Sí —responde el portero—, pero yo prefiero la pista alargada...

—Bravo —comenta Sara—, dentro de unos días empieza la liga y no estaría mal que tuviéramos a un portero con todos los huesos en su sitio...

—No es tan peligroso como parece —rebate el Niño—, basta con coger un poco de confianza. Cuando aprendes y pillas el ritmo, parece que vuelas. En Roma había una ola en medio del parque, al lado de mi colegio. Todos los días, al salir, íbamos todos allí...

En la zona de monopatines del Retiro, los Cebolletas encuentran a Kasi, la portera del Rosa Shocking, haciendo un recorrido mixto: eslalon de conos, rampas, obstáculos, bancos a los que subirse y recorrer con dos ruedas...

—Esa chica está en forma —exclama Rafa—. ¡Qué maravilla!

—¡Es amiga nuestra! —explica Sara—. Juega de portera en un equipo de chicas. La conocimos durante el campeonato pasado.

—Supongo que también será una buena portera, visto lo ágil que es —comenta el Niño.

—Muy buena —confirma Lara.

En cuanto ve a los Cebolletas, Kasi dirige su monopatín hacia sus amigos.

—¿Has decidido aprender por fin, capitán?

—No —responde Tomi con una sonrisa—. Acompaño solamente a nuestro nuevo delantero, que ha llegado de Italia hace unos meses. Se llama Raffaele, pero para nosotros es el Niño, como Fernando Torres, ¿sabes quién te digo?

Kasi y el Niño se saludan estrechándose la mano, y la portera del Rosa Shocking, con sus ojos verdes como la hierba, se echa la tabla en la mano con un hábil taconazo y dice a Tomi:

—Me tienes que acompañar enseguida al estanque. Tengo una duda importante en la cabeza y solo tus amigos, los peces de colores, me pueden ayudar a resolverla.

Sara mira con ojos risueños a Lara, le da un pequeño codazo cómplice y luego, con aire de astucia, susurra al capitán:

—¿Te acuerdas de la Boca de la Verdad?

Y tú, ¿te acuerdas de la Boca de la Verdad? Es esa especie de máscara de piedra que hay en Roma. Dice la leyenda que se come la mano de quien dice una mentira. Durante las vacaciones romanas, Tomi, con la mano dentro de la Boca de la Verdad, había prometido a Eva que no llevaría a Kasi al estanque de los peces de colores...

—Lo siento, Kasi, tengo que salir pitando... ¡Hasta otra! —responde Tomi, que salta sobre su Merengue y se aleja.

—¿Qué os parece? ¿Nos lanzamos por la ola? —propone Rafa.

—¡Buena idea, Niño! —aprueba Kasi, que echa enseguida al suelo su monopatín.

Imagínate un gran tubo de madera o cemento, de un par de metros de diámetro y cortado en dos: esa es la ola. Que, en realidad, si lo prefieres, se parece más a un bol.

Lo interesante es que puede uno lanzarse en picado hasta el fondo y luego remontar la otra orilla. Cuanto más se sube y baja, más velocidad se coge y más sube uno hacia el cielo. Mira al Niño, ¡qué espectáculo!

Después de haber subido y bajado cinco o seis veces por el interior de la ola, ha cogido ritmo.

Tomi va pedaleando hasta la piscina, cerca de la cual debería estar el campo de tiro al arco.

En un prado muy grande, el capitán encuentra a Adriana entrenándose con su instructor. Lleva un arco en la mano, y delante de ella, a una veintena de metros, hay una diana de colores. Tiene una flecha clavada en la parte interior del círculo más pequeño, pintado de amarillo, en plena diana.

—¡Pero si lo haces mejor que Robin Hood! —exclama Tomi.

La hermana de Rafa saluda a Tomi y lo presenta a su instructor, un chico joven con una perilla y una gorra cómica de pescador calada hasta las orejas.

—No es tan difícil como parece —explica Adriana—. Estoy segura de que tú también harás diana enseguida. Obsérvame bien...

La hermana de Rafa coloca una flecha sobre el arco, estira lentamente la cuerda hasta que se la aplasta contra la nariz y se queda unos segundos inmóvil para apuntar. Lleva una especie de pulsera de cuero en la muñeca.

Tomi la observa con atención, sobre todo sus ojos grandes y oscuros como el chocolate, concentradísimos.

La flecha sale volando por el aire, dibuja una parábola y se clava una vez más en el centro de la diana.

—¡Fabuloso! —aplaude Tomi.

—Ahora prueba tú —dice Adriana, pasándole el arco.

—¿Estás de broma? —responde el capitán.

—¡Prueba, Tomi! —le anima el instructor—. Verás que no es difícil.

—Te diré lo que tienes que hacer. Empuña bien el arco y mete la flecha así —sugiere Adriana—. Bien... Ahora estira la cuerda poco a poco hasta que te toque la nariz... Nariz rima con perdiz... Aprieta un poco más el arco y levanta un poco el codo... Así.

Tomi nota encima las manos de Adriana, que corrige su posición. Intenta mirarla con el rabillo del ojo, se distrae y se le escapa la cuerda del dedo...

La flecha se eleva, supera la diana y se clava en un árbol.

Adriana y el instructor se echan a reír.

—Lo siento... —se excusa Tomi, rascándose la cabeza abochornado.

—No te preocupes. Flecha casi rima con corteza —exclama Adriana, dedicándole una sonrisa hechicera.

El capitán tiene una sensación extraña: le parece que él es la diana y que esa sonrisa le ha dado de lleno.

Las gemelas se han llevado al entrenamiento un periódico, que está pasando de mano en mano. Bruno, que después del partido ha decidido entrar en el equipo de los Cebolletas y no se pierde un solo entrenamiento, es el primero en cogerlo y suelta una carcajada. En la foto se ve a Augusto extendiendo el tomate sobre la camisa blanca del criticón del mechón.

—¡Bien hecho, Augusto! —exclama Fidu, divertido.

—Y mirad lo que han escrito —dice Sara, recuperando el diario—. «La exposición de Violette ha sido un auténtico éxito. Un misterioso príncipe árabe ha hecho una oferta fabulosa por *Cebo-luna sobre el mar*. La genial Violette no volverá a tener problemas para comprar verdura durante el resto de su vida. Es más, ¡podrá comprarse un mercado entero!»

—¡Uau! —exclama Dani—. Si vendemos la pintura que nos ha hecho Violette en el Cebojet nos haremos ricos también nosotros...

—¡Los regalos no se venden! —rebate Lara—. Lo conservaremos siempre limpio y lo mostraremos con orgullo en nuestros partidos fuera.

—Bien dicho, Lara —aprueba Gaston Champignon—. Y ahora al campo, ¡a entrenar! La liga ya está al caer. Quedan pocos días.

En el campo, Augusto sigue enseñando a Fidu a blocar las pelotas altas.

Saca desde el banderín, y el portero de los Cebolletas sale de los palos y bloca el balón o lo rechaza con los puños. Debe aprender a calibrar las distancias, porque, en comparación con el campo pequeño, el balón llega de más lejos y es difícil escoger el momento apropiado para salir.

De hecho, en los primeros amistosos se ha llevado algún susto.

Además, como hay más jugadores en el área, es complicado hacerse con la pelota. Por eso Augusto ha transformado el área en una especie de trastero... Ha colocado dos percheros, tres paragüeros llenos de escobas y una decena de cubos de plástico.

Mira...

Si las escobas hubieran sido delanteros, les habría impedido cabecear.

—¡Perfecto! —le aplaude Augusto.

Gaston Champignon coloca la barrera al borde del área y concluye el entrenamiento con un concurso de saques de falta.

Solo quedan en juego cuatro: João, Tomi, Bruno y Rafa.

Fidu para el derechazo con efecto del capitán. El cañonazo con la izquierda de João choca contra el travesaño y se eleva hasta alcanzar la ventana de don Calisto.

El Niño marca con un disparo suave. El ex número 10 de los Diablos Rojos dispara un trallazo por la parte que cubre Fidu, quien alcanza el balón, pero le dobla las manos y acaba en la red.

Tino, sentado en un banco al borde del campo, anota lo siguiente: «Los saques de falta que requieran potencia los hará Bruno, los de precisión Rafa. Y los viejos Cebolletas se quedarán mirando...».

10 PUÑETAS Y REPUÑETAS

Los espectadores se han distribuido a ambos lados de la calle Mayor, entre la calle de Bailén y el acceso a la plaza Mayor, escoltando a las bandas que desfilan para ganar el Concurso Nacional. Hoy es el gran día de Armando.

Tomi y los Cebolletas han ido a aplaudirlo. Han logrado colocarse en primera fila en medio de la calle Mayor, todos menos Fidu, que, mientras espera a la banda de Armando, aprovecha para entrenarse con su monopatín bajo un soportal.

—Tengo que aprender cueste lo que cueste... —se repite.

No logra imitar el número que el Niño hace con tanta desenvoltura: coge velocidad, da un golpe en la parte trasera de la tabla y salta. Mientras Rafa está en el aire, con las piernas encogidas, la tabla se eleva, hace una cabriola y vuelve a aterrizar sobre las ruedas. El

Niño logra caer sobre la tabla con los pies y seguir volando.

—¡Ahí está! —anuncia Tomi.

La banda de los tranviarios avanza con elegancia, con chaquetas azules y corbatas rojas, con un pequeño tranvía cosido en el sombrero. Armando reconoce a los Cebolletas y les saluda dedicándoles un tremendo golpe de platillos. Hoy está resplandeciente.

Bajo los soportales, la gente se echa a reír.

Fidu, pálido, ha cogido su gorra y la estruja como si fuera una esponja, azaradísimo:

—Pobre de mí...

Luego echa a correr hacia Armando, le ayuda a levantarse y le devuelve los platillos, aunque sin mirarlo, porque no se atreve. Al padre de Tomi aquello le habrá sentado fatal.

Pero, en lugar de enfadarse, Armando entrechoca sus platillos y grita a sus colegas:

—¡Ánimo, chicos, volvamos a empezar! ¡Que no se diga que una tontería como esta ha acabado con los tranviarios de Madrid!

—¡Sí, señor! —responde a coro el resto de la banda.

Violette entra en el Pétalos a la Cazuela, y todos los clientes que están cenando se dan la vuelta para mirarla, no solo porque han reconocido a la famosa pintora, sino también porque está nuy elegante con su vestido de noche.

VIOLETTE

¿A que no te lo acabas de creer? Precisamente ella, que siempre va vestida con vaqueros raídos, camisas amplias y sombreros de cocinero...

Esta vez luce un vestido morado, largo y ceñido, lleno de lentejuelas, que la hace fascinante. Lleva un poco de maquillaje en la cara y unos rizos muy graciosos, que acaban de salir de las manos de un peluquero.

La señora Sofía sale a su encuentro encantada.

—¡Violette, estás guapísima!

—He invitado a cenar a un amigo que aprecia a las mujeres elegantes —explica la pintora—. Quiero darle una sorpresa...

—¡Una cita galante en el Pétalos a la Cazuela, qué maravilla! —exclama la mujer de Gaston Champignon—. Pero el afortunado no es demasiado galante si llega con retraso...

—No, la culpa es mía, que he llegado mucho antes de la hora —contesta Violette—. He llegado antes porque me he dado cuenta de que hace algunos días que mi hermanote está triste y pensativo. Quería saber si tiene algún problema.

—Efectivamente, tiene un problema. Ven, sentémonos aquí... —sugiere Sofía, acompañando a su cuñada a una mesa libre en un rincón de la sala.

Un cuarto de hora después se abre la puerta del restaurante. Violette y la señora Champignon interrumpen la conversación para admirar con la boca abierta al tipo que acaba de entrar. Lleva unos vaqueros raídos, una chaqueta de cuero negro sobre una camiseta de tirantes blanca y agujereada, y unas botas de vaquero.

—¡Augusto! —exclama sorprendida la señora Sofía.

Violette se levanta de la mesa con una sonrisa arrebatada.

—Me he vestido de princesa para ti...

—Y yo de chulapón, pensando que así estarías más a gusto... —responde el chófer de los Cebolletas, antes de besar la mano de la pintora.

Los dos se echan a reír, y en las otras mesas estalla un aplauso divertido.

La señora Sofía enciende una vela y la pone en la mesa de Augusto y Violette. Será una noche de lo más romántica...

AUGUSTO

Lucía está repartiendo el correo por la zona del Retiro con su bici de cartera. Divisa a Dani, toca el timbre y se acerca a la acera.

—¡Tengo una carta para ti! —le grita al chico.

El músico de los Cebolletas la reconoce enseguida con emoción: ha sido enviada por la organización del concierto de Nochebuena.

Da las gracias a Lucía y, antes de despedirse, le pregunta:

—¿Ha hablado con Eva en China? ¿Está todo preparado para la fiesta sorpresa?

—¡Todo listo! —responde la madre de Tomi, que se despide y se aleja en su bici.

Dani rompe el sobre y abre despacio la carta. Luego esboza una sonrisa tan ancha como el océano Atlántico y sale corriendo hacia la parroquia con toda la alegría que lleva en el cuerpo por lo que acaba de leer.

—¡Nos han escogido! ¡Tocaremos en la plaza Mayor! —grita a los Cebolletas, que están plantados delante del tablón de anuncios.

—¡Los maravillosos Esqueléticos! —exclama Fidu, «chocándole la cebolla» a Dani.

Las gemelas se abrazan e improvisan un baile en corro. Todos los Cebolletas felicitan a Dani.

—También es mérito tuyo, capitán —dice el guitarrista—. Has escrito una letra preciosa, que el 24 de diciembre escucharán todos por la televisión. A lo mejor incluso en China...

Tomi sonríe.

—¡Tenemos que llamar enseguida a Rafa, el Gato y Augusto para darles la buena noticia! —propone Sara, que se aleja con su gemela y Dani hacia el bar de la parroquia.

Tomi, Fidu, Nico, João y Becan se quedan pegados al tablón de anuncios. Tienen que leer el último artículo del *MatuTino* colgado por el periodista de la casa. Tampoco esta vez Tino se ha ahorrado sus observaciones venenosas...

«El domingo comienza la liga, la primera liga de equipos de once jugadores que van a disputar los Cebolletas —escribe—. El empate en el amistoso contra los Estelares ha demostrado que el equipo está listo para hacer un buen papel, mejor de lo que cabía esperar hace unas semanas.

»Pero ¿de verdad están contentos los Cebolletas con cómo van las cosas?

»Si Gaston Champignon confirma la alineación que ha jugado maravillosamente en la segunda parte del partido contra los Estelares, Nico se quedará en el banquillo, porque el centro del campo ahora lo dirigen Bruno y Aquiles, y Becan dejará su puesto al veloz Julio. Para hallar su sitio en el equipo, João ha tenido que adaptarse al puesto de lateral izquierdo, él, que maravillaba con sus regates fantasiosos y sus goles con efecto... Por si fuera poco, Lara también ha pasado a ser reserva.

»Tomi sigue siendo titular y capitán, pero está de ayudante a las espaldas del Niño, la nueva estrella del equipo, y es posible que no le dejen ni sacar las faltas...

»Me parece que nuestros viejos Cebolletas ya están arrepentidos de haber optado por jugar en campo grande. Mi padre me lo dice siempre: "¡Diviértete ahora, porque cuando seas mayor cada día te será más difícil!".

»Tengo la impresión de que a los Cebolletas les ha ocurrido algo parecido: han pasado al campo grande y cada día les cuesta más divertirse...

»Eso quiere decir que les hace falta todavía más nuestro apoyo, queridos lectores. Así que, el domingo por la mañana, que no falte nadie en la parroquia de

San Antonio de la Florida para asistir al partido Cebolletas-Huracán, ¡el primero de la liga! Incluidos el esqueleto Socorro y el dormilón del gato Cazo...

»Ahora y siempre: ¡arriba los fabulosos Cebolletas!

»"Chocad esa cebolla!" Tino.»

—Diréis lo que queráis, pero a mí me parece que Tino tiene razón —comenta João.

—Yo creo que no —rebate Nico—. No hay pétalos de banquillo y pétalos titulares, sino una sola flor. Yo me siento importante para el equipo, aunque no juegue desde el principio, y trataré de hacer lo que deba cuando entre.

—Yo también —añade Becan—, pero fuimos nosotros los que ganamos el último campeonato, y no sé si es justo que los últimos en llegar jueguen como titulares en lugar de nosotros.

—Creo que no tenemos que preocuparnos porque los últimos en llegar jueguen de titulares, sino por aprender de ellos para mejorar —observa Tomi—. Les hemos invitado a nuestro equipo y ahora son nuestros compañeros. Es estúpido preocuparse porque jueguen bien. Peor sería que jugaran mal, ¿no?

—Qué fácil es decir eso para ti, que sigues siendo titular... —observa Becan.

—Pero ya no soy delantero centro, que es mi puesto favorito —replica el capitán—. Ahora los goles los mete casi todos el Niño. Pero si le puedo ser útil al equipo jugando un poco más retrasado, ocuparé gustoso la nueva posición.

—¿Y te parece justo? —pregunta João—. ¿Cuál es nuestro lema de siempre? ¡El que se divierte siempre gana! A ti te divierte más jugar de delantero centro, y a mí de extremo izquierdo. ¡Los brasileños tienen que atacar! ¡Yo no me siento un lateral! ¡Europa cría defensas, mientras de Brasil provienen atacantes como Kaká, Adriano, Ronaldinho y este que lo es!

Los Cebolletas sueltan el trapo.

—Tienes razón —responde Tomi—, es y sigue siendo nuestro lema, pero lo que hace que nos divirtamos no es nuestra posición en el campo, ¡sino el balón! ¿Qué más da que estemos un poco más adelante o un poco más atrás? Lo importante es hacer lo que sabemos, con alegría, cuando nos llega el balón a los pies. Además, los retos también son divertidos. ¿Qué gracia habría tenido ganar diez veces seguidas el campeonato de equipos de siete jugadores? A mí me apetece intentar ganar una liga en campo grande, aunque nos resulte más difícil. De pequeño nadaba con flotador, luego me lo quité. Me costó aprender a nadar, tragué un montón de agua salada, pero ahora, cuando nado mar adentro y me meto debajo del agua, me divierto como un loco. Ya verás, João, como aprendemos a nadar también en campo grande. Y pronto, tú, Nico, Becan, Lara y yo seremos titulares.

—¡Bravo, capitán! —exclama Fidu—. ¡Puñetas y repuñetas, aquí no juegan los caguetas!

Los Cebolletas vuelven a reír.

—En cualquier caso —concluye Nico—, aunque no lleguemos a ser titulares, ¡nadie nos arruinará la diversión de disputar un Mundial por la tarde! ¿Empieza ese partidazo, o qué?

—¡Cómo no, sabelotodo! —aprueba Fidu—. Ven a la portería conmigo, que nos los comeremos como si fueran merengues.

Fidu y Nico se colocan entre los postes, mientras los demás empiezan a pelotear.

Como sabes, en los partidos de un Mundial, la diversión favorita de los Cebolletas, solo se puede marcar de cabeza o al vuelo. El que falla un tiro es eliminado, mientras que el que mete gol entra en la portería junto al que le ha hecho el último pase. Gana el Mundial el que no es eliminado.

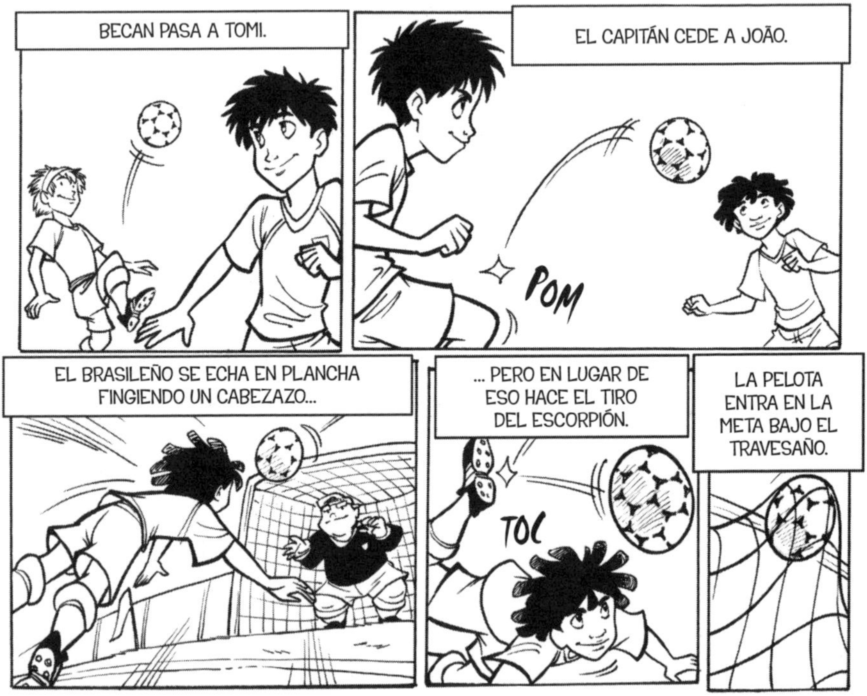

—¡Fabuloso! —exclama Tomi, felicitando a João, quien comenta:

—Y pensar que juego de lateral...

11
UN REGALO INESPERADO

Todos los Cebolletas, los viejos y los nuevos, han sido invitados al cumpleaños de Tomi, incluida Adriana.

Lucía ha preparado una gran mesa en la terraza, donde meriendan los merengues a la rosa y otros bollos cocinados por Gaston Champignon para la ocasión.

Después de la merienda llega el momento de los regalos, es decir, de la gran sorpresa.

—Perdona, capitán, pero tenemos que taparte los ojos —explica Fidu mientras ata una servilleta en torno a la cabeza de Tomi.

Las gemelas guían al capitán, que avanza a pequeños pasos con las manos por delante, para evitar pegarse un cabezazo contra una pared... Intenta adivinar en la oscuridad qué sorpresa le habrán preparado sus amigos y adónde lo llevan. Tiene la sensación de que ha atravesado el salón y que se ha metido en el pasillo que conduce a los dormitorios.

¿ADÓNDE ME LLEVÁIS?
LAS GEMELAS LO ACOMPAÑAN HASTA EL ESCRITORIO DE SU HABITACIÓN.
LE QUITAN LA SERVILLETA. TOMI ABRE LOS OJOS.
¿ESTÁS LISTO?
Y VE LA SONRISA DE EVA EN LA PANTALLA DE UN ORDENADOR.
¡FELIZ CUMPLEAÑOS, TOMI!
LA BAILARINA LE MANDA UN BESO DESDE CHINA.

—Gracias, Eva... —responde el capitán—. Pero... ¿me ves?

—Pues claro. Yo también tengo una webcam como la tuya sobre el ordenador —responde la bailarina—. Llevas una bonita camiseta azul y la misma cara de sorpresa que un pez hervido.

Los Cebolletas rompen a reír.

Tomi, todavía un poco aturdido, se da la vuelta para mirar a sus amigos.

—El ordenador nuevo es un regalo de tus padres —le aclara Nico—. Nosotros te hemos regalado a Eva, es decir, la webcam y la conexión a Skype, que Eva también ha activado en Pekín. Así os podéis ver mientras habláis.

—Gracias a todos. Es un regalo maravilloso —responde Tomi, sonriendo a Eva.

—Ahora pruébate la camisa que te he enviado, y así veré cómo te queda —sugiere la bailarina.

—¿Qué camisa? —pregunta el capitán.

—Esta —contesta Lucía, entregándole un paquete.

Es una camisa roja de raso, sin cuello, con dragones rojos bordados por todas partes. Tomi se la pone entre las risitas de los Cebolletas y luego se sienta ante la webcam del ordenador.

—¡Te queda muy bien! —exclama Eva.

—Sí, a lo mejor no me la pongo para ir al colegio —responde el capitán—, pero en Carnaval me luciré...

Los Cebolletas sueltan el trapo.

—Y ahora, Eva, ¡soy yo quien quiere darte una sorpresa! —exclama Tomi, que luego ordena—: ¡A vuestros puestos, Esqueléticos!

La banda de Dani prepara los instrumentos en el salón, Rafa empuña el micrófono enchufado al equipo estéreo, Augusto da el tempo y suena la música de «Ojalá no estuvieras en China, sino aquí, en La Latina».

Tomi se ha llevado el ordenador portátil al salón y apunta la pequeña cámara hacia el grupo.

—El texto de la canción lo he escrito yo —anuncia con orgullo el capitán.

Eva observa la exhibición con atención y al final aplaude con entusiasmo:

—¡Es preciosa! Has escrito un texto precioso, Tomi, tienes que mandarme la letra completa por correo electrónico.

—Claro —responde el capitán sonriendo a la webcam, todavía más orgulloso.

—El cantante no lo hace mal —añade la bailarina—, no tan bien como yo, pero casi...

—Es nuestro nuevo delantero —explica Tomi—. Es italiano y se llama Raffaele, pero lo llamamos el Niño.

Después de despedirse de Eva, los chicos regresan a la mesa de los merengues, mientras el capitán y la bailarina siguen charlando y mirándose en la pantalla del ordenador. Olvidan que están a miles de kilómetros de distancia y se sienten de nuevo cerca, como aquella noche sobre el barco que navegava por el Sena.

Eva presenta a Tomi a su amiga Chen, o «Nubes armoniosas del alba», y a su grillo Tomi... El capitán le habla de la liga que está a punto de empezar, del equipo que se ha ampliado y del restaurante de comida rápida que ocupará el actual local del Pétalos a la Cazuela.

Adriana se acerca a Tomi y le pide:

—¿Me presentas a tu amiga Eva?

—Claro —responde Tomi, que se levanta de la silla para que se pueda sentar la indiecita.

—Hola, Eva, me llamo Adriana, que rima con manzana. Soy la hermana del cantante.

La bailarina sonríe en la pantalla del ordenador.

—Hola, yo me llamo Eva y no sé exactamente con qué rimo... Pero me alegro de conocerte.

—Yo también me alegro. Sé que eres una bailarina estupenda. Tomi me ha hablado un montón de ti en el

Retiro. ¡Adiós! —se despide la indiecita, que luego cede la silla a Tomi.

La expresión de Eva en el ordenador ha cambiado de golpe.

—O sea que, a pesar de la promesa que me habías hecho en la Boca de la Verdad, te has llevado a la italianita al estanque de los peces de colores.

—En realidad, yo en Roma prometí que no iría con Kasi... —puntualiza el capitán, que se pone a sudar.

—¡Lo mismo da Kasi que otra! —exclama Eva, furiosa—. ¡Esos peces de colores son nuestros! ¡La Boca de la Verdad te tendría que haber arrancado la mano!

—¡Pero si no la he llevado al estanque! —se justifica Tomi—. Me la encontré por casualidad: ¡yo estaba con los Cebolletas y ella practicaba el tiro al arco!

La cara de la bailarina desaparece de repente de la pantalla.

Nico se acerca, se da cuenta y comenta preocupado:

—A lo mejor está averiada la webcam. Déjame ver. Si tiene un defecto de fábrica la devuelvo. De todas formas, está en garantía.

—No te preocupes, funciona perfectamente —le tranquiliza el capitán—. Lo único que pasa es que han desconectado la cámara de China...

Es verdad que esa pareja es increíble: se las apañarían para pelearse aunque una estuviera en Marte y el otro en la Luna...

Augusto acompaña a Violette al aeropuerto, porque ella tiene que regresar a París. Van con ellos, en la lujosa limusina negra, Gaston Champignon y las gemelas, que quieren despedir a su pintora favorita.

El chófer del Cebojet empuja el carrito de los equipajes hasta el mostrador de facturación. Luego, en la zona de embarque, llega el momento de los adioses.

—Por favor, chicas, practicad la «pintura a la verdura». La próxima vez que venga a Madrid examinaré vuestras obras —promete Violette.

—¡No te defraudaremos! —responden a coro Lara y Sara, entusiasmadas—. ¡Y gracias por todo!

Cuando la pintora abraza al cocinero-entrenador exclama:

—¡Qué despiste! Me estaba olvidando del regalito...

Saca de su bolso un sobre alargado y se lo entrega a Gaston Champignon, que lo abre, extrae un par de hojas, las lee con atención y balbucea:

—Pero... esto es... No... no es posible...

—Sí —asegura su hermana—, es el contrato de compra del restaurante, que he puesto a tu nombre.

—Pero si el abogado ya había vendido el local a Carrascosa... —rebate el cocinero.

—No, ese pirata solo le había hecho una oferta. Yo subí un poco el precio y el abogado se ha quedado encantado de venderme el restaurante —explica Violette.

—¡Pero no lo puedo aceptar, hermanita! —exclama Gaston Champignon devolviendo el sobre a la pintora—. ¡Este dinero es tuyo, te lo has ganado con tu arte!

—Mi arte solo pudo nacer gracias a la verdura de tu restaurante y a la ayuda que me prestaste cuando era una chiquilla sin trabajo ni futuro. Es la ocasión idónea para que salde la deuda que tengo contigo. Además, sin tus Cebolletas no se me habría ocurrido la idea del cuadro *Cebo-luna sobre el mar* que vendí al príncipe árabe. Y si con ese dinero he comprado el restaurante, el mérito también es tuyo. Así que, hermanote, ¡quédate con el contrato y no lo compliques más o perderé el avión! —concluye Violette, metiendo hojas y sobre en el bolsillo de la chaqueta del cocinero.

—Te quiero un montón, hermanita —sonríe Gaston Champignon con los ojos brillantes como cuando corta cebollas.

—Yo también, hermanote —responde Violette, abrazándolo.

Luego, la pintora se pone de puntillas y le da un beso a Augusto.

—Te llamo esta noche desde París.

—No estaré tranquilo hasta que oiga tu voz —responde con galantería el chófer del Cebojet.

Sara y Lara se miran atónitas y sonríen encogiendo los hombros.

¡Esa sí que es una noticia para la primera plana del *MatuTino*! ¡Augusto enamorado!

12
¡A JUGAR!

—¿Estáis listos? —pregunta el árbitro.

Los dos capitanes responden que sí.

—Entonces, adelante —ordena el colegiado, con el balón en la mano.

Los Cebolletas y el Huracán se dirigen hacia el centro del campo, mientras en las gradas los espectadores aplauden y los tambores brasileños del padre de João empiezan a redoblar. Don Calisto, que está junto a los padres de los Cebolletas, ondea una bandera blanca con una cebolla amarilla en el centro. Las chicas del Rosa Shocking han acudido a animar a su antigua jugadora, Elvira. El esqueleto Socorro está en su sitio, junto a Tino, que se dispone a escribir la crónica del primer partido de la liga. La primera liga entre equipos de once jugadores que van a disputar los Cebolletas.

Mientras se dirige hacia el círculo del centro del campo, con su brazalete atado, Tomi se da la vuelta: nunca ha visto a tantos Cebolletas detrás de él. Hay diez y no seis, como de costumbre: Fidu, concentradísimo, con la cadena de lucha libre al cuello, que dejará apoyada como siempre en el interior de su portería; Sara, Dani, Elvira, João; además están Julio, antiguo extremo derecho del Real Madrid; Bruno, antiguo número 10 de los Diablos Rojos; Aquiles, antiguo matón, e Ígor y Raffaele, apodado el Niño, antiguo delantero centro del Roma.

Los equipos se colocan formando dos líneas en medio del campo y, en cuanto pita el árbitro, saludan a los espectadores levantando un brazo.

En ese momento Tomi ve desfilar por su imaginación toda la historia de los Cebolletas, como en una película proyectada a toda velocidad: la propuesta de Champignon en el Pétalos a la Cazuela, la prueba de Nico y Fidu, el encuentro con João en el Retiro, Becan lavando parabrisas en un semáforo, las gemelas bajando del cochazo conducido por Augusto, Dani con su pelota de baloncesto, los gemelos del arcoíris, la final perdida, la final ganada, el partido en el Maracaná de Río de Janeiro, el Tenedor de Oro de París, la operación de corazón de Champignon, Eva...

¡Cuánto camino han recorrido los Cebolletas hasta llegar a su primera liga con equipos de once jugadores, que hoy empieza!

—¿Cara o cruz? —pregunta el árbitro antes de lanzar al aire una moneda.

—Cruz —contesta sin dudarlo el capitán del Huracán.

La moneda cae sobre la mano del árbitro: ha salido cara.

—¿Pelota o campo? —pregunta el colegiado.

—Pelota —escoge Tomi.

Así que serán los Cebolletas quienes hagan el saque inicial.

Tomi coloca el balón sobre el círculo de yeso. Justo a su lado se encuentra el Niño, listo para recibir el primer pase del partido. Lleva una cinta de cuero parecida a la de su hermana, para sujetarse el cabello rubio sobre la frente.

El capitán observa a Nico, Becan, Lara y Pavel, sus amigos, en el banquillo.

—Perdone un segundo, señor árbitro —dice Tomi antes de echar a correr hasta el borde del campo.

«Choca rápidamente la cebolla» con cada uno de los cuatro reservas y después vuelve corriendo al centro del campo.

Gaston Champignon sonríe y se atusa el bigote por el extremo derecho.

—¡Buena liga, capitán! —exclama Rafa.

—¡Buena liga a ti también, Niño! —responde Tomi, asintiendo con una sonrisa.

El árbitro pita.

Los dos Cebolletas se intercambian el balón.

¡La aventura de la liga entre equipos de once jugadores acaba de empezar!

¿Qué tal lo harán los Cebolletas?

¿Logrará divertirse João en su nuevo puesto de lateral izquierdo?

¿Conseguirá Nico adaptarse al nuevo campo y recuperar su puesto de titular?

¿Y los demás reservas?

¿Volverá a aparecer Eva en el ordenador de Tomi?

¿Alcanzarán las flechas de Adriana el corazón del capitán?

¿Se comprometerá Augusto con Violette?

¿Lograrán ganar Los Esqueléticos el concurso para el Concierto de Nochebuena?

En el próximo libro te lo contaré todo.

¡Hasta pronto! O, más bien, ¡hasta prontísimo!

EL DERECHO DE JUGAR AL FÚTBOL... ¡Y DIVERTIRSE!

A los Cebolletas, Gaston Champignon les recuerda siempre que la regla número 1 es divertirse, no ganar. Porque quien se divierte... ¡siempre gana!

Bueno, no es el único que piensa de esa manera: en 1992, en Ginebra, se redactó la *Carta de los derechos del niño en el deporte*. ¡Leedla bien y procurad que se respeten siempre vuestros derechos!

1. Derecho de divertirse y jugar
2. Derecho de hacer deporte
3. Derecho de disfrutar de un ambiente sano
4. Derecho de ser entrenado y acompañado por personas competentes
5. Derecho de entrenarse según sus capacidades

6. Derecho de competir con jóvenes que tengan las mismas posibilidades de éxito

7. Derecho de practicar deporte con absoluta seguridad

8. Derecho de disponer del tiempo adecuado de reposo

9. Derecho de no ser un campeón

Gaston Champignon

ÍNDICE

No te pierdas las aventuras

de los Cebolletas en:

¡GOL!

1. Un gran equipo
2. ¡Nos vamos a Brasil!
3. ¡Empieza el campeonato!
4. La unión hace la fuerza
5. La gran final
6. Vacaciones de campeonato
7. ¡Hasta pronto, capitán!
8. Un fichaje inesperado
9. El retorno del capitán
10. La hora de la revancha
11. En tierra de gladiadores
12. Los once magníficos
13. Un campeonato difícil
14. Una aventura olímpica
15. ¡No te rindas, Tomi!
16. En campo enemigo

SÚPER ¡GOL!

1. El sueño de los campeones
2. ¡A por la copa!

www.gol-libros.com